香港兒童文學名家精選 **潘明珠**

時間偵探

U0060929

新雅文化事業有限公司
www.sunya.com.hk

香港兒童文學名家精選
時間偵探

作　　者：潘明珠　潘金英
插　　畫：美心
策劃編輯：甄艷慈
責任編輯：甄艷慈
美術設計：李成宇
出　　版：新雅文化事業有限公司
　　　　　香港英皇道499號北角工業大廈18樓
　　　　　電話：(852) 2138 7998
　　　　　傳真：(852) 2597 4003
　　　　　網址：http://www.sunya.com.hk
　　　　　電郵：marketing@sunya.com.hk
發　　行：香港聯合書刊物流有限公司
　　　　　香港新界大埔汀麗路36號中華商務印刷大廈3字樓
　　　　　電話：(852) 2150 2100　傳真：(852) 2407 3062
　　　　　電郵：info@suplogistics.com.hk
印　　刷：中華商務彩色印刷有限公司
　　　　　香港新界大埔汀麗路36號
版　　次：二〇一三年七月初版
　　　　　10 9 8 7 6 5 4 3 2 / 2016

ISBN: 978-962-08-5907-6

目錄

生活故事篇

出版緣起

　　冰心說：「必須要有一顆熱愛兒童的心，慈母的心。」兒童是社會的未來，每一位成年人，都有責任關心兒童的健康成長。而優秀的兒童文學作品，正是兒童健康成長不可缺少的精神食糧。它們蘊含着真、善、美，能真切地反映兒童的心聲，能帶給兒童歡樂和有益的啟示，能鼓勵兒童積極向上，奮發進取。

　　回顧香港兒童文學的發展，由 20 世紀 30 年代香港兒童文學的開始萌芽，到 21 世紀的今天，有許多兒童文學作家一直在為香港兒童文學的繁榮辛勤地耕耘着。他們當中，既有從內地南來的作家，也有土生土長的作家；當中有不少文壇長青樹，也有很多新晉的年輕作家。這些作家為香港兒童創作了一批又一批的優秀作品，為香港兒童文學創作的發展作出巨大貢獻。

　　本公司一向致力於為兒童提供優質讀物，藉踏入 50 周年新里程之際，我們希望更廣泛地推出各種有益兒童身心的圖書，尤其是本土兒童文學作品，因此策劃出版《香港兒童文學名家精選》叢書。

　　本叢書是由各位作家在其已出版的著作中，精選出曾獲過獎，或是能代表其創作風格的作品結集成書。體裁包括童話、童詩、生活故事、兒童小說、科幻故事、幻想小說、散文等。作品展示了上世紀 50 年代至本世紀初香港少年兒童的精神面貌和社會風情，曾在讀者中產生過重大影響，並經得起時間的洗禮。

何紫先生曾說過:「倘若我們不從小培養小孩子閱讀的興趣,他們又怎能建立鞏固的語文基礎?」其實,我們不僅關注培養小孩子的閱讀興趣,提高他們的語文能力,我們更希望藉由優秀的兒童圖書,把愛心、善良、孝順、正直、勤奮、樂觀、堅強、關懷、謙虛、公義等種子植播於孩子的心田。叢書裏的作品既文字優美,更是充滿着真善美的人文關懷。

是次出版,我們挑選了在香港兒童文學創作上卓有成就的作家。我們希望由此而為當代少年兒童提供優質的讀物,也為香港兒童文學創作的研究留下具時代意義的印記,更由此表達本公司對兒童文學作家的由衷敬意。

本叢書能得以順利出版,全賴各位作家的鼎力支持。此外,特別感謝阿濃先生為本叢書撰寫總序,感謝謝錫金教授和羅淑君女士撰文推薦。

為了令讀者對各位作家有更多的認識,叢書還特地設有「作家訪談」,讀者可以由此了解各位作家如何走上文學創作之路、他們對兒童文學的見解等。

叢書後設有每位作家「主要的兒童文學原創作品」資料和獲獎資料,旨在為香港兒童文學的原創生態留下史料,並為讀者提供廣泛閱讀的書目。

叢書總序

在孩子心裏埋下愛、美、善的種子

阿濃

兒童文學是文學中最難搞的一門。

所有優秀文學作品要具備的條件，兒童文學都要具備。

但兒童文學的用字用詞有限制，宜淺不宜深。兒童文學的造句有講究，宜短不宜長。兒童文學的表達有要求，宜明白曉暢，不宜過分含蓄艱深。對許多作家來說，就是淺不起來，短不起來，明白不起來。他們做不到，不想做，甚至不屑做。

兒童文學的內容要純淨，像高山絕頂的雪，容不得絲毫污染。因為它是給我們純潔天真的小寶貝的精神食糧，其品質要求更甚於物質食糧的奶粉。但純淨不等於淡而無味，它芬芳，有大自然的氣息；它甜美，如地上樹上藤蔓上的果實；它富於營養，又容易吸收。這就對兒童文學作家個人的品質有了要求，兒童文學作家能標籤為 organic，他的作品才屬於 organic。

許多做父母的都知道餵孩子吃東西是一件苦差，想孩子接受我們為他們而寫的作品，同樣是強迫不來的。兒童文學作家要有十八般武藝，施展渾身解數，令他們笑，使他們覺得有趣，利用他們的好奇，刺激他們思考，引發他們感動，其實是很吃力的。

要成為一個成功的兒童文學作家，他首先要懂孩子的心，那

就需要他自己有一顆童心。他同樣愛吃、愛玩、愛笑、愛哭、愛熱鬧、好奇、愛問為什麼。他同樣愛幻想，不受拘束、仁慈慷慨、視眾生平等。一顆赤子之心，試問在這烏煙瘴氣的世界裏多少人還能擁有？

　　優秀的兒童文學作家是如此難得，但社會（包括文學界、出版界）對他們又有多重視呢？寫書給孩子看被視為「小兒科」，大家對小兒科醫生十分尊重，對成人文學作家與兒童文學作家之比卻視為大學教授與幼稚園教師之比，使不少兒童文學作家不想擁有這個名號。同樣反映在版稅方面，兒童書的版稅普遍低於成人書，這也使兒童文學作家氣餒。

　　幸運地，香港還是出現了一批可愛可敬的兒童文學作家，多年來他們創作了豐盛的兒童文學作品。出版了大量的書籍，也被選作課文。在成千上萬的孩子心中，埋下了愛、美、善、關懷、正直、公義、勤奮……的種子，使我們的下一代有普遍的好品質好表現。這是兒童文學作家們最堪告慰的。

　　作為香港兒童讀物出版重鎮的新雅文化事業有限公司，1991年不惜工本，編印了《香港兒童文學作家系列》，邀請最出色的兒童書插畫家繪圖，硬皮精印，成為香港兒童文學的里程碑。21年後，新雅再次出版一套《香港兒童文學名家精選》叢書，為當代少年兒童提供最好的精神食糧，為研究香港兒童文學留下有價值的資料，同時向香港的兒童文學家們致敬，可謂意義重大。

　　祝願香港出現更多出色的兒童文學作家，祝願他們的地位獲得提升，祝願他們寫出更多更精彩的作品。

推薦序一

優秀的兒童文學作品歷久不衰

　　要想兒童喜歡閱讀，必須要有大量有趣的，能引起他們的閱讀意慾的優質讀物。我很高興地看到，雖然有人說香港是文化沙漠，但仍有不少兒童文學作家在勤奮地為兒童寫作，各家兒童圖書出版公司每年也為兒童提供大批印製精美的讀物。

　　2012 年香港書展，香港規模最大、歷史最悠久的兒童圖書出版社──新雅文化事業有限公司，推出《香港兒童文學名家精選》叢書，精選一批對本港兒童文學卓有建樹的著名作家的作品，為香港兒童提供最好的精神食糧。十位作家包括：黃慶雲、何紫、劉惠瓊、阿濃、嚴吳嬋霞、何巧嬋、東瑞、宋詒瑞、馬翠蘿和周蜜蜜。叢書出版後獲得了熱烈回響，不但得到讀者廣泛好評，而且其中五冊圖書獲得 2012 年的冰心兒童圖書獎。

　　2013 年，新雅再精選十位兒童文學作家的作品，於香港書展推出第二輯《香港兒童文學名家精選》叢書。十位作家包括：陳華英、潘金英、潘明珠、君比、韋婭、黃虹堅、胡燕青、金力明、劉素儀和孫慧玲。

　　二十位作家的作品，展示了上世紀五十年代至本世紀初香港少

年兒童的精神面貌和社會風情，從不同層面刻劃了香港兒童的成長足跡，以及他們成長中所遇到的困擾。

　　和現在相比，上世紀的兒童生活和現今的兒童生活有着很大的差別，他們的生活遠比現在的兒童困苦。但是兒童的心性是相通的，他們的歡樂和煩惱，無一不是當今香港兒童所常遇到的；而他們面對挫折而表現出的勇氣和智慧，又給當今的少年兒童提供了有益的啟示和學習榜樣。

　　優秀的兒童文學作品影響力歷久不衰，本叢書正好印證了這一點。

　　我誠意向各位關心兒童健康成長的家長和教師推薦這套有益兒童身心的優質圖書，也藉此向各位辛勤耕耘的兒童文學作家表示敬意。

謝錫金
香港大學教育學院教授
香港大學中文教育研究中心總監
全球學生閱讀能力進展研究計劃
(PIRLS)- 國際 (香港) 委員

向陪伴兒童成長的文學作家致敬

收到新雅的邀請，為這套《香港兒童文學名家精選》寫推薦序，實在有點兒受寵若驚。為的是叢書內網羅了香港差不多半世紀內鼎鼎大名、優秀的兒童文學作家。其中黃慶雲（雲姐姐、雲姨）更在1938年曾到本會位於香港大學馬鑑教授的西營盤宿舍樓下的會所為街童講故事，她是推動本港兒童閱讀的先行者。

《香港兒童文學名家精選》內的作家都是香港兒童文學上的中流砥柱，他們的著作吸引了無數的讀者，深受新一代歡迎。在本港推動閱讀文化的各項活動中，鮮有不包括他們的作品。

雲姨是全球知名的兒童文學家；周蜜蜜是雲姨的女兒，以香港兒童成長為題，對兒童成長經歷的過程有細膩深刻的認識；何紫先生將不同年代的童年呈現，伴隨香港的成長，閱讀他的童話就像閱讀香港不同年代的社會發展；東瑞的故事，天馬行空、科幻、出人意表的情節啟迪兒童對未來的好奇，跨越常規的突破和創意；馬翠蘿對人際關係的敏銳描述，是小學生最喜愛的作家；阿濃讓跨代爺孫親切之情、愛護環境等浮現於故事情節中；何巧嬋校長以童話手法寫香港孩子的生活，希望小讀者能跳出眼前的局限；劉惠瓊姐姐透過動物故事，將兒童成長責任中的困惑、與朋友的交往娓娓道來；嚴吳嬋霞女士的作品描述了兒童的純真。

陳華英的作品希望帶給兒童歡樂、希望和幻想的空間；潘金英、

潘明珠姊妹倆的兒童戲劇清新有趣；君比的作品反映了今日香港少年兒童所遇到的家庭問題和困惑；韋婭的幻想小說想像新奇；黃虹堅的成長小說教導小朋友當遇到家庭巨變時，他們應採取何種生活態度；胡燕青的童詩文字淺白，生活氣息濃厚；金力明的童話寓意深刻；劉素儀的科幻故事充滿幻想成分，主題卻是批判現代人的好戰；孫慧玲的小說寫出逆境中的少年如何自強。

優良的圖書和故事作品，會令培育兒童愛上閱讀變得輕易而舉。

如果說多運動能令兒童體格強壯，多閱讀則令兒童心智豐盛。小學階段，兒童從 6 歲開始到 12 歲的期間，是發展閱讀最重要的階段。兒童成長中，9 歲以前，是要學會掌握閱讀的能力；9 歲以後，他們透過閱讀去學習日新月異的知識，透過文字故事以豐富人生成長的經歷。好的故事、引人的情節、雋逸的文筆不單能為新一代開啟知識之門，讓思想騰飛，還能接觸社會內不同的價值取向、人際交往關係之錯綜複雜面。

《香港兒童文學名家精選》包含的故事仍是我們推動兒童閱讀的工作者經常採用的。它不單將本港兒童文學作出一個較為整全的匯聚，同時亦為父母提供了一個安心的選擇，羅列了多元化、鼓勵兒童閱讀的好作品。謹此向一羣努力耕耘、陪伴兒童成長的文學家前輩和翹楚致敬……

羅淑君
香港小童群益會總幹事

作者自序

文學是無價寶,值得我們一生一世去追求

潘金英　潘明珠*

時光飛逝,回想我倆一同上學,一同創作故事,一瞬間竟是三十年!

小時候,我們愛打書釘,放學後常流連書局看童話故事;中外兒童文學令我倆沉醉其中,非常神往,對創作也躍躍欲試。

我們都有幸在就讀學校裏,遇到了熱愛文學的老師,加上我倆喜歡觀察、好奇主動的性格,對生活小事頗敏感,經常留意到別人不會留意的事情,又把生活作種種遐想,例如在穿塑膠花手作中,幻想我們在森林打野戰,在原野策騎奔馳,在海上任意漂流;偶爾說話時改變腔調,扮演小動物玩偶角色,自得其樂,因此啟發出不少創作故事及戲劇的靈感。

回想起第一次參加的寫作比賽,是突破雜誌主辦的,我倆的小說創作嶄露頭角,僥幸得到冠軍,突破蘇恩佩社

長的讚賞及鼓勵，宛如昨天，記憶猶新。她說：「你們寫的故事很細緻動人，也有意思。我將辦一本《突破少年》雜誌，以後就開筆寫小說專欄吧！好好鍛煉啊！」

文學因緣，就此結上了。我們在求學及工作之餘，努力練筆，廢寢忘餐；組成雙打式創作伙伴（後來因此獲雜誌選為文壇上的「最佳拍檔」），在校園報上寫勵志小說欄。其中《暖暖歲月》很受歡迎，曾被編成話劇演出，更出版了視障讀者凸字版，又譯成日文版。之後的小說《超級哥哥》，更於香港文學節由大細路劇團公演，受到好評，這使我們與兒童戲劇結緣，寫下幾個劇本；《兩個噴泉》收錄的，正是獲「兒童劇藝小樹苗」的得獎劇本，由於它們很有教育意義，當時有些老師讀者反響熱烈，更把劇本多次搬上舞台演出，受到小觀眾的欣賞。

日常生活的瑣事，似平平無奇，其實往往能啟迪人生。我倆踏實生活，孜孜不倦創作，漸漸做出了些微成績，於中、港、台、澳等地都出版了不少作品，獲得了一些海內外的文學獎項。本書收錄了其中不少富代表性之得獎作品，希望小讀者喜歡。

《兩個噴泉》和《時間偵探》是我們共同創作的精選集，特別有意義。《兩個噴泉》中含兩個故事，其一《噴

15

泉的心願》曾榮獲新雅兒童文學創作獎，由畫家野人畫插畫；其二的噴泉，反映今昔不同，象徵時代之變遷。《時間偵探》訴説文字世界在時光中流轉，我們所經歷的、所感動的，往往只有一次，不會再回來；且看那茶几邊崩了一塊，時間的裂縫，就像碎開的玻璃，補也補不回。

縱然回到那像奶油般的往昔時光，什麼也不用想，我們也改變不了生活的局限；惟有兒童文學，才是無限的。文學的視野是獨特的，文學作品能啟迪人生，它以豐富的生活體驗，啟發我們處世的智慧；喚醒人們心靈的真、善、美、愛，賦予人嶄新而寬廣的生命意義。創意如雲，變幻無窮，創作的天地最自由豐盛，是無限的，因此文學是無價寶，值得我們一生一世去追求。

編按：

潘氏姊妹的作品全由二人共同創作而成，故書內作者自序、作品等署名仍保留二人姓名，以保留這「格林姊妹」創作的原貌。但基於叢書封面署名「一人一書」的體例，《兩個噴泉》封面只署名潘金英，《時間偵探》封面只署名潘明珠。

被譽為「格林姊妹」的
兒童文學作家

——潘金英和潘明珠

被譽為「格林姊妹」的兒童文學作家

—— 潘金英和潘明珠

德國的格林兄弟以他們那些膾炙人口的童話享譽文壇，在香港，也有這樣一對姊妹花，她們就是被著名兒童文學家、大翻譯家任溶溶先生譽為「格林姊妹」的兒童文學姊妹花——潘金英和潘明珠。

從外表上來看，她們的長相並不特別相似，但在訪談過程中，我則常覺得她們姊妹倆的那種意念契合、心靈相通，難怪她們很多作品都是共同創作的呢！

喜歡兒童文學，是受何紫先生的影響

「從小，我倆就像孖公仔，一起遊玩，一起上學。小時候，我們喜歡閱讀童話和故事圖書，就把零用錢都儲起來，每半個月買一本童話或兒童文學半月刊來看。我們的哥哥曾在外國生活，回港時帶回一些像『立體圖書』那樣的玩意，這玩意打開後就是一個小舞台，還有很多不同造型的紙牌。我們拿着紙牌就在森林舞台上演一台戲，我們扮演獅子、黑熊等動物，仿照看過的書本內容，自創對話，幻想出一個個小故事來，創作的興趣大概從此培養的。」話匣子剛打開，潘金英就向我道出了她們兒時的趣事。

潘明珠接着説：「我們喜歡兒童文學，很大程度是受何紫先生的影響。小時候我們已很喜歡寫作，曾投稿至《華僑日報》、《星島日報》，當時何紫先生是《華僑日報》的編輯，刊登了我們的文章，更寫了評語。有一天他打電話到我們家，邀約我們這些小作者聚會，更鼓勵、支持我們出書，後來，我們的作品被編成《雪中情》、《寶貝學生》等書。中學時，我們常一起構思小説故事，有一次投稿到突破雜誌舉辦的徵文比賽，獲得冠軍，當時的主編蘇恩佩女士邀請我們定期給雜誌寫少年小説，從此便展開了我們兒童文學的創作路。」

捕捉了意念，便一起討論小説架構，輪流執筆

潘氏姊妹一直從事教育工作，姐姐潘金英曾任職中學圖書館主任，現仍在中學任教；妹妹潘明珠不但曾擔任香港兒童文藝協會會長，現在更是大細路劇團董事。這些工作經驗為她們帶來了很多

姊妹倆（右二、右一）和黃慶雲（左二）周蜜蜜（左一）母女倆主講兒童文學薪火相傳。

的寫作素材和靈感。而最特別之處,則是兩姊妹從各自的生活體驗中,把自己的所思所感共同冶煉出一個個有趣的故事。

當我問及她們是怎樣共同創作故事,以及怎樣捕捉兒童心理時,心直口快的金英立即笑着說:「那可真是有趣的經驗和歷程。我們的故事題材都取自生活,我身為教師,最愛與學生談天,學生有不同的性格、故事,從中得到不少靈感。例如《暖暖歲月》中,愛陶泥雕塑的主角就有我學生的影子。明珠曾到東京留學,之後做時裝工作又周遊列國,那些大開眼界的外遊經驗給我們添加創作新意念。有時,我們捕捉了意念,便一起討論小說架構,輪流執筆,又一起修改,過程中很有默契,也常在互動中擦出火花。譬如有時明珠把結局說出來時,我發現那正是我自己心中所想的呢。」

說到這些創作過程的趣事,她們姊妹倆不由相視而笑。金英接着說:「我們合作寫的第一個故事叫《籠中鼠》,反映的是會考生的壓力。那時我讀中五,明珠讀中四,我們都為要參加會考而深感壓力,於是大吐苦水,結果我們寫成了這個故事,在比賽中竟獲得了冠軍。也由此,我們覺得好像上天給了我們一種提示,讓我們一起共同創作。」

別自以為是成年人了,便淡忘了自己的童心

明珠補充說:「我是比較理性的,金英則是比較感性的。因此童話中的細節多出自金英的手筆。我想我們是感性和理性相結

合吧。不過總的來說，童話、生活故事及劇本我們是共同創作，但散文或詩歌則是各自寫各自的，因為這兩種體裁個人的色彩比較重。

「至於怎樣捉摸兒童心理，對於我們來說，這不是難事。在家庭、學校、工作環境中，都會面對不同的兒童，我們跟他們相處，分享及分擔他們的歡喜和煩惱，了解他們的所思、所想和價值觀，那麼在創作時，便不難捉摸兒童的心理。還有，創作人儘管有不同的成長歷程，童心感受卻是相通的，故最重要的是，別因為長大了，自以為是成年人了，便淡忘了自己的童心，必須喚回童年記憶，常保有童真，以小孩那種好奇心來看大千世界，才能以兒童視角來感受兒童所思所想。」

不少作家在創作過程中都或多或少的遇到一些瓶頸，我很好奇這對姊妹花有沒有這樣的體驗。她們異口同聲笑着說：「有啊，不過好像雲姨（著名兒童文

姊妹倆（前排左一、左二）的新書發布，由唐池子（前排右一）評賞。

學作家黃慶雲）所說的，我倆是『雙打』，合力之下，比較容易克服吧！」我聽着她們的回答，忍不住笑了起來，好一對「格林

姊妹」，果然心靈相通。

　　停了一下，明珠說：「當然，對業餘創作者而言，時間和『死線』是我們的天敵，若在創作過程中沒有時間商議一些小說情節，或寫不清人物內心抉擇等，也即遇到瓶頸，我們就互相談論，有時甚至『通頂閉關』——不眠不食、一切事物不理，『一條氣』努力揮筆，寫成為止！有時，在瓶頸地帶，我們也會暫時放鬆，嘗試與自己塑造的小說人物交流。好神奇！在想像中人物彷彿活起來，他漸漸會告訴我們下一步應如何發展呢。」

優秀的作品可從色、香、味這三方面去品嘗

　　在訪談的過程中，我發覺她們姊妹倆十分重視童心童真的保護，她們認為成年人的社會是複雜的，但孩子的心靈是純真的。在他們美好的童年，希望可多提供一些反映人間真善美的作品去薰陶他們的心靈，這並不是迴避社會問題，而是希望在他們走向社會之前，用這些美好的故事為他們塑造一個強健的心靈，培養他們的正能量。這樣，即使日後他們遇到問題，都會往好的方面去想、去看、去尋求正確健康的解決途徑。因此她們認為：能給予兒童真、善、美、愛，令他快樂或得到正能量的，助他康樂成長的，就是上乘的兒童文學作品！若以童書饗宴作比喻，優秀的作品可從色（出色內容和寫法）、香（香飄四方的好評）、味（令人回味無窮）這三方面去品嘗，不單小朋友會欣賞，大人看了也有所感動。

不同階段受不同作家的影響

從《籠中鼠》開始，她們姊妹倆不停創作，已出版的合著作品有 80 種；亦常加參加一些文學比賽。一路下來，她們獲得了中港台多個的文學獎項，包括：上海小百花獎、香港電台故事銀筆獎、全港青年學藝寫作冠軍、中文文學獎、青年文學獎、中學生十大好書獎、台灣國語日報牧笛獎等多項。

這當中，她們覺得最特別的，是獲得校協戲劇社的劇本創作比賽優異獎、大專戲劇創作演出獎、明日劇藝小樹苗劇本優勝佳作獎等，因為她們喜歡跨媒介的嘗試。中學時期，她們已參加了戲劇組，台前幕後也參與過，大學時也曾拍攝布偶動畫影片。

姊妹倆（右一、右二）於第 11 屆亞洲兒童文學大會，獲朱自強教授（左二）贈書。

回顧自己的創作路，她們感謝不同作家給她們的啟發和文學滋養，她們細數了影響她們成長的每一個階段的作家：

童年時代，最受安徒生、王爾德、格林的童話和何紫的生活故事影響；青少年時期，最受三蒲陵子、魯迅、黃春明、狄更斯、

羅德爾·達爾（Roald Dahl）的小說及小思和阿濃的生活散文影響，還受何達的詩歌和影評影響；成年時期，最受卡夫卡、張愛玲、村上春樹、也斯、西西、莫言的小說和莎士比亞、杜國威、一休的戲劇所影響。正是這豐厚的文學養分，令她們的創作源源不絕。

創作與時並進

　　身為亞洲兒童文學會中國香港區的召集人，她們姊妹倆相當忙碌，她們常到兩岸四地及歐亞洲、倫敦、波隆那等地出席兒童文學研討會及演講，本年七月中旬赴上海參加兒童文學研討會，作童話及戲劇的專題演講；2014 年將赴韓國慶州出席亞洲兒童文學及戲劇大會，與來自中國、韓、日及東南亞等地的作家交流寫作及戲劇推廣心得。說到這些未來的活動，姊妹倆都十分興奮，因為她們覺得有機會認識更多優秀的兒童文學家、學者和出版人，一來可擴闊自己的視野，二來還可建立珍貴的友誼，殊為難得。

　　而邁入電子時代發展，她們的創作也與時並進，她們曾為香港大學的現龍學習網寫一系列的童詩和故事；最近，又開始寫 EBook 電子故事，已完成了十多個中、英文德育故事；還計劃出版富創意的可愛繪本系列等，將在國內發行。

　　訪談結束，兩姊妹各自往不同的方向離開。雖然她們工作的地方不同，但我覺得，在創作路上，她們卻是殊途同歸的。

生活故事篇

小虎的爸爸

放學的鐘聲打響了，一班一班的學生排好隊，魚貫離開校園。小榮、康兒等的母親都已站在校門外，等候接孩子放學，但同班的小虎卻由爸爸來接，大家都羨慕地説：「小虎，你爸爸真高大威猛！」

小虎尷尷尬尬地跑向爸爸，爸爸笑着伸出手想拖住小虎，卻被小虎嫌他手髒，甩開了；小虎沿着路一直向前跑，直到遠離學校，才慢下步來。

「爸爸，你是不是失業了，所以才有時間來接我放學？」小虎對他爸爸説。

爸爸拍拍掌上的灰塵，輕鬆地説：「唔唔，不是！我的工作是輪更制，跟別人朝九晚五上班時間不一樣吧。」

「嫲嫲説你是做勞動工，工作時間都不定，真的是這樣差嗎？」小虎扁着嘴説。

爸爸笑着説：「你不喜歡？但是爸爸懂得操作貨倉的吊機車，這工作令我可以賺錢養活一家人，我不嫌棄它，還覺得和它有緣，我相信只要用心做好工作，就有機會晉

升。」

回到家，小虎的爸爸檢查他的功課，見作文簿中寫的文章是「我的爸爸」，好奇一看，只見小虎這樣寫：「我的爸爸是做倉庫物流業的管理工作，職位和責任都很重要。」小虎爸爸笑着對小虎說：「你用詞誇大了，我自己其實是低層的吊機車工人，是要體力透支的苦工；但對維持整個物流輸送的運作，這小職位同樣責任重大呢，這點說對了。前面的字眼修改一下吧。」

小虎抓抓頭皮，說：「我誇大寫，爸爸便威風一些，不會被人看不起。」

小虎爸爸搖搖頭，說沒有人會看不起踏實做事的工人，只要專心一意，好好工作，行行也會出狀元。

小虎抓抓頭皮，又說：「那我寫將來的爸爸，將來，爸爸升為高級的主管，作文嘛，可以『作』出來的。」

小虎爸爸想，小虎不懂事，大概他聽他嫲嫲說得多了，認為勞動工作是低賤的，爸爸不是大虎，而是「苦」爸爸。

小虎爸爸很想兒子能改變看法，明白職業無分貴賤的道理，但這是很難一蹴即就的。於是，小虎爸爸改變話題，說小虎作文字體太潦草，請他好好練一下書法。

小虎有點不願意地說：「老師沒說我的字體不端正

27

呀！」其實，小虎不明白為什麼爸爸那麼愛書法，他曾在泥沙地上練寫，拿着毛筆、鋼筆也寫個不停；爸爸身為工人，不用寫字啊。但爸爸説：「書法藝術是我的精神寄託。」

之後的一個星期五，小虎和小四班的同學竟然到了貨櫃碼頭參觀，小虎還見到爸爸辛勤地操作一架大吊機車。忽然，有同學認得小虎爸爸的樣子，大叫起來。帶領參觀的人員便順便指着貨櫃場那個數十呎長的中文大招牌，和一些大幅告示牌及指示標語等，説那些端正的楷書全都是梁阿虎（即小虎爸爸）的手筆。眾人又一次譁然，「你爸爸會開機車，書法又寫得漂亮，能武能文啊。」大家都對小虎稱讚他爸爸，小虎害羞地抓抓頭皮，但內心很高興，感到自己的爸爸真了不起！

作者補誌：

小讀者怎樣看不同的職業呢？一些在一般人的眼中從事較低層行業的人，如碼頭工人、海員、郵差、巴士司機……我們都應該尊重，因為職業不分貴賤。

每個人若能堅守自己的崗位，努力把份內事做好，定

可體會每份工作的意義。

　　例如，廚房工人各部門合作，才能為食客推出美味的菜式。當食客吃得津津有味時，大家便感受到工作的愉快意義。

一百分媽媽

由一間大飲食集團舉辦的「全港最佳媽媽選舉」的大日子快到了，康兒的媽媽本來抱着玩玩和見識一下的心情報了名，但因為兒子的期望而漸漸變得緊張起來了。

康兒一向擁護媽媽，他說：「媽媽工作起勁，說故事又好聽，一定能勝出！」

但爸爸卻說：「媽媽平時少進廚房，燒菜煮飯像倒瀉籮蟹，唉！」

「糟了！」忽然媽媽大叫一聲，飛身進廚房喊起來，「我的香煎魚呀！……」

「大概變黑焦魚了！」爸爸搖搖頭，對媽媽說：「算了！老婆，總之輸了別介意！」

「哼，」康兒生氣的說：「爸爸為什麼說些負面的話呢？媽媽煮的菜餚也不比嫲嫲和菲傭姐姐差嘛！」

媽媽望着爸爸笑一下，又握着康兒的手認真地說：「康兒真是媽媽的『粉絲』！沒錯，這一次趁回鄉去，媽媽總算多了練習煮菜的機會，自己感到廚藝一日比一日進步了，

但我偶然入廚煮一下，怎可能及得上別人天天煮那麼熟練呢？乖兒子，媽媽會盡力的，但勝敗不要看得太重！」

選舉正式展開了，有近二百位媽媽參加，她們須通過三關考驗：一是「故事顯愛心」，二是「縫衣好稱身」，三是「佳餚值千金」。頭兩關佔六十分，第三關則佔四十分，共一百分滿分。

「我的媽媽疼我又有本事，下班回家教我溫功課，又給我講故事，一定是一百分媽媽！」康兒拍着掌對鄰座的嬸嬸說，爸爸真有點尷尬呢！

結果呢，媽媽在第二和第三環節也失分不少——落選啦！媽媽拿到食物包作紀念品，卻高興得笑嘻嘻，因為開了眼界，而且知道自己在兒子心中已當選了一百分媽媽。

盔甲七號

「哈哈！戰勝了！」小雄的手指仍按着剛才最後一擊的掣鈕，興奮得未曾放開。

平日小雄已天天玩遊戲機，現在暑假期間，他更沉迷了，他最喜歡格鬥或什麼未來大戰等遊戲，總之埋頭埋腦，打得天昏地暗。

媽媽叫喚小雄準備吃飯，他也只是隨便「嗯」了一聲，雙手卻未曾離開過那按鈕。媽媽搖搖頭，夾了一些菜餚，端一碗飯放到小雄面前。

「哥哥，我送給你，我親手做的呀！」妹妹拿着手工絲帶花遞上來，小雄卻沒有瞄一下。

此刻，小雄只看到小螢幕那個激烈的戰爭世界，耳邊都是轟隆轟隆的槍炮聲。爸爸下班回來，嚴厲地對小雄說：「要是你天天都在作戰，看你還喜愛不喜愛？」

小雄神氣地說：「當然，因為我每次都會打贏！」

凌晨的鐘聲響起，所有人都在睡夢中，小雄仍不停地在遊戲機前打呀，殺呀，似乎連自己身在何處也忘掉了。

　　四周一片死寂，然後，一陣很濃的火藥味衝着小雄的鼻子來，小雄用手抿一下，再抬頭時冷不防那未來戰士一把拉着他，而且用電子似的話音説：「你勝了七十七回，夠資格加入戰鬥了。」

　　「我可以嗎？」小雄又驚又喜。未來戰士把一副墨鏡給小雄架在鼻樑上，再用電子板顯示指令：「武裝！」

　　説時遲，那時快，小雄身上已裝上了銀閃閃的盔甲，寫着「攻擊盔甲七號」。

可以出動作戰了！盔甲七號先穿過沼澤，打死了幾條埋伏在那裏的暴龍；接着攀上大堤壩，擊倒壩頂的炮火軍；每一擊獲勝後，他身上的盔甲銀片又增一塊，使七號戰士變得更強，更無懼敵人反擊。小雄滿意地笑着大叫：「嗨，衝鋒陷陣，戰無不勝是七號！」

他越戰越興奮，登上鐵騎，狠狠地發號挑戰山頭黑壓壓的大支軍隊。

盔甲七號以無窮的戰鬥力，左手及右手連環開槍射擊，士兵一個個從他身旁倒下，盔甲七號的鐵皮也隨即變得更厚更堅固了。

不知打了多久，盔甲七號的手有點發麻，身上厚厚的鐵衣，也令他負荷着沉沉的重量。他心裏想歇下來，但如潮的士兵仍圍着他而戰，他只好麻木地繼續揮擊，一刻都停頓不得。

他的臉給鐵皮封得緊緊的，只剩兩顆眼珠，更擠不出笑容。頭腦也像給重鐵壓着，什麼思想空間都沒有。他是一個機械鐵殼，不知所做為何，只是上了發條，不斷殺敵。

「哎，我不想打了，我要變回小雄！」盔甲七號叫喊起來。

「小雄就是你呀，你就是那個愛打愛戰的小雄哩！」

未來戰士傳來他的電子話音。

　　小雄焦急極了，一想到永遠要這樣子打下去，不可再見媽媽和家人，他便擔心得雙眼通紅，淚水簌簌流了下來。

　　很奇怪，當眼淚滴落他的盔甲時，一片片鐵皮都解開來了——從頭盔到身上的厚鐵衣，一層層慢慢脫殼般解開了。小雄驚喜地撫着自己的臉，確認這是真的，便速速逃離戰場，他使勁地逃跑，很想快點回家。這時，他看見前面有朵美麗的黃花，一不留神，小雄絆倒了，只感到天旋地轉，還有人在叫他。

　　「快點吃了這碗飯！」噢，是媽媽的聲音！小雄聞到飯香，這真是他現在最想要的哩！他拿起飯便大口大口往嘴裏送。

　　妹妹走進來問他：「這樣美不美？」原來案頭上的盔甲模型插上了她那小花；小花仰着臉，似在歌頌這個亮麗的世界。

最後一份聖誕禮物

今年聖誕節，小芸和弟弟朱仔收到很多禮物，包括爸爸媽媽送的，公公婆婆送的，舅父送的，大伯送的，還有住在美國的姨姨寄來的，而且每一份都用五彩繽紛的花紙包着，漂亮得很。尤其是遠在美國的姨姨，每次送來的禮物都好特別，常令兩姊弟又驚奇又歡喜，所以小芸和朱仔都巴不得第一時間打開姨姨送來的禮物。

「唏，記得去年的砌圖嗎？」小芸忽然説。朱仔隨即歡喜地喊着：

「誰説不記得？那居然是我的小時候得意大相哩！想不到自己砌自己出來，是那麼開心！」

「我的也可愛極了！那對穿花裙的小兔，一上發條就會跳舞，我從未見過這麼別致的音樂飾物盒哩！」

「你猜猜今年是什麼？」朱仔瞪着眼問。

「你常説愛喝花旗參湯，説不定是花旗參吧！」小芸捉狹地作弄弟弟。

「我不相信！」朱仔反駁説，隨即準備動手拆姨姨的

禮物。

小芸立即阻止弟弟，一本正經地說：「但今年，我們要依聖誕節例，等 BOXING DAY 才可以拆禮物。」

「什麼『博聲地』呀？」朱仔捧着姨姨寄來的禮物，捨不得放手。

「那是完全過了聖誕正日之後，」小芸說，其實她自己不是真的肯定呢，不過想哄弟弟罷了，「而且我們要等聖誕老人派禮物。」

「他真的會來我們家嗎？」弟弟最信年長他三歲的姊姊的話，問着：「是不是等他派最後一份禮物，然後就可以把全部禮物統統拆開？」

小芸用力的點一點頭。

兩姊弟不期然的向窗口望去。澄藍的夜空下，小星星一閃一閃，他們望到覺得有點眼睏，不約而同的打了兩個呵欠，這時耳畔竟響起了一串的銀鈴聲……

叮叮叮，鈴鈴鈴，鐘聲與歌聲，

叮叮叮，噹噹噹，聖誕老人來……

他們真不相信自己的眼睛啊！只見聖誕老人騎着鹿車，在他們窗前停下來！住在地下（俗稱一樓）真好！現在竟可在窗外與聖誕老人面對面的打招呼！

朱仔看見白白胖胖、穿着紅袍、花白鬍子的聖誕老人，興奮的低叫：「你就是聖誕老人嗎？為什麼你今年會來我的家？」

「是不是我們乖，所以你來？」小芸也鼓起勇氣問聖誕老人，她還想和他握握手哩！

聖誕老人似乎知道她的心意，和氣地和小芸握手，又親切的摸摸朱仔的頭，説：

「不就是為了送禮物給你們嗎？」

「是什麼東西？」姊弟倆同聲歡呼。

「是給懂得關心別人的好孩子的、特別有意義的聖誕節。」老人一口氣説了個長句，姊弟倆面面相覷，並不明白哩！

聖誕老人從紅袍的大袋中取出兩個紅信封，一人一個。姊弟倆急不及待的打開，原來是張邀請咭，寫的是：

誠意邀請您做「暖流行動」小天使，為患病住院的人報佳音，跟我來唱歌。

小芸和朱仔從來沒試過跟聖誕老人工作，當然想去報佳音啦！

　　他們問准爸媽，隨聖誕老人出發，集合了另外十名好兒童，搖着小銀鈴去醫院探訪患病的人。他們幫助聖誕老人派發禮物，他們跟躺在牀上的小朋友和老人家握手，他們愉快地唱着：

聖誕老人來了，

大家真高興。

天冷我心溫暖，

你我相關顧……

　　走過一間又一間的病房，看見一張又一張的瘦臉漸漸的展露歡顏，小芸和朱仔的心覺得無比的舒服、歡欣。這是他們以前收禮物時所從未有過的感受呀！這種心底的溫馨真叫他倆難忘！聖誕老人送出的，這份最後的聖誕禮物——真是有意思！

　　「好物沉歸底？是否這種意思？」朱仔忽然問小芸，小芸讚賞的豎起大拇指說：「聰明仔！」

　　心意的禮物，原來要比一切物質禮物更令人開心，小芸和朱仔覺得「助人為快樂之本」這句話說得真對哩。

等待的舞台

　　建港小學的戲劇組同學又在排戲了，大家都期望在舞台上有精彩的演出。

　　本來，戲劇組的成員多是對戲劇有興趣和熱誠的高小同學，但由於這次要演一個有關畢業生各奔前程的戲，戲劇組胡老師特別加收了幾名六丙班的同學當演員，他們可沒有什麼戲劇熱誠，不過半被迫半貪玩罷了。

　　克芹就是其中一個。

　　他可沒半點像名歌星李克勤，同學替他取的諢名卻不少：黑人、黑仔、睡魔、遲到鬼，這是因為他的個子矮小而夭，體型瘦削，皮膚又黑又粗，加上不修邊幅的外型，又髒又皺的校服，更突出的是老喜歡遲到，上課渴睡的惡習，總給人一個小流氓的印象，他真的又懶又骯髒，還是根本就無人照顧呢？

　　這一天排戲，大家已練習了半小時，克芹還沒見蹤影。前天排演，飾小流氓壞學生的克芹，跟女主角白雪花沒什麼對手戲，遲遲未到還不怎麼影響，但今天卻沒他排不成

了。戲中白雪花是一個富家女，因父母離異而放縱自己，故意跟班中著名壞蛋來往，想藉此引起父母注意，表達心中的不滿，白雪花跟女班長吵架後，要找飾演流氓的克芹去尋刺激。可是，克芹仍不見人。

「怎樣演下去？」白雪花很瞧不起遲到鬼，覺得他阻礙地球轉，除了他外型十足流氓外，白雪花不明白老師為何要選克芹演此角色。她把嗓子扯高八十度，大發脾氣地發炮罵人：「要求換人呀！睡魔上課老是打瞌睡，台詞又記不好，只得個樣似有鬼用！都不懂演戲！」演女班長的小紅也插嘴說：「沒理由次次要我們等他！」這對雙妹嘜一唱一和，生氣地一起走了。

「喂喂，等等呀！」導演黃仔欲追無效。劇務阿島不知所措地問：「要不要找胡老師呢？」

演這戲的「茄哩啡」*，也聳聳肩沒主意。

正僵着，克芹背着大書包，垂頭喪氣地來了。

「喂！」黃仔喊：「你幹嗎又遲到，女主角跑掉啦！」其他演員也附和質詢。

「唉，你以為我想呀？」克芹把大書包甩下來，坐在

_____

*茄哩啡：指扮演普通角色的演員。

舞台的地板上。「我昨晚淨追看電視，沒做英文作文和作業，今天要罰留堂補做呀，怎樣脫得身？剛才也做得一團糟，明天肯定又要重作了，慘！」

「你夠倒霉！你咁黑，戲排不成啦！」劇務阿島建議，「不如下次再排，去黑仔家玩撲克。」

黃仔同意散隊，演員各自離去，黃仔、阿島和克芹就乘公共巴士往慈雲山的某屋邨去。來到克芹的家，大家就甩掉書包，脫掉臭皮鞋，扭開電視，擺開撲克牌大玩特玩。克芹的家一片凌亂，到處都是吃剩的零食、髒衣物，玻璃窗的塵埃厚得可以寫字，不時有蟑螂肆無忌憚地走過，十

足童話故事裏小矮人的骯髒家，但阿黃和阿島知道克芹的媽媽跑掉，沒人打掃，也不嫌髒，而且克芹的爸爸常不在家，來這兒玩最自由，無王管，更髒也沒所謂了。

三個男孩子玩完廿一點，又釣魚、「鋤大弟」，不覺有點肚餓了，「有沒有好吃的？」黃仔問。

「還有兩個老婆餅，要不要可樂？」

黃仔皺皺眉，阿島也搖頭。既沒有什麼好吃的，也沒興致再玩，二人就說：「很累啦，我們走啦！下次再玩！」穿回鞋，背起書包走了。

臨行時，二人你一句我一句說：「叫你阿爸買電池呀，你記得弄好鬧鐘起牀！」「下次排戲想好理由向胡老師解釋啦！小心給女主角斬呀！」

「哈哈⋯⋯哈⋯⋯」

玩伴走了，克芹可不覺得這些笑話好笑，反而有點想哭的衝動。究竟他在多少同學心中是個大笑柄？胡老師為什麼指定要他演那個後來淪為乞丐的流氓角色？他外型真的似嗎？還是他根本就是呢？他懷疑自己近視，雖坐在前面仍看不清楚黑板，但爸爸哪有空幫他配眼鏡？他又懷疑自己長得矮瘦矮小，是天天吃公仔麵、老婆餅之過，他有其他選擇嗎？克芹把電視的聲浪扭得更大，李克勤正在熒

光幕上傷感地唱：「命運就像顛沛流離，命運就夠曲折離奇，做人沒趣味……」他恨媽媽，他大口大口的咬嚙老婆餅，也恨爸爸讓自己的老婆跑掉！明天，他可不想再排戲，但怎樣跟老師說退出？

胡老師曾說：「痛苦的人沒有悲觀的權利。」又說：「少年人要有志氣，命運掌握在自己手裏。」克芹忽然覺得正因為他絕不是流氓，他更要演好這個浪子回頭的角色。他是不會退縮的，怎能讓舞台懸空？好戲當然要演畢，才算對得住自己。

華麗的抉擇

小息的時候，那個插班生婷兒又拿出她的新玩意展示一番。前天是新手錶，昨天是高級化妝品，花樣真多。

「噢，是最新的限量版手機 4S ！」惠珠大叫，她總是那樣鄉下妹似的，事事大驚小怪。惠珠問婷兒，是不是做補習兼職賺了很多錢。

婷兒搖搖搖頭。「有錢也未必買得到啊！男朋友送的。」

男朋友？ 媚媚想起她第一次見到婷兒口中所謂的男朋友之情景。那天，媚媚去取自己的單車時，見到一輛豪華的私家車高速轉彎駛到校門前，差點碰到她的單車，其他同學立即圍上來看熱鬧，有人高呼：「噢，是寶馬車呢！」畢竟在媚媚他們就讀的新界偏遠中學，不會常見有寶馬名廠車來接放學。

一個穿西裝的男人從司機座走出來，迎向婷兒。媚媚第一眼看到那人一頭油光的黑髮便感到可笑，真像假髮呢，媚媚正想問婷兒那人是否她爸爸或叔叔，婷兒卻先介紹說

那人是她男朋友，姓余，叫艾力。媚媚有點尷尬，不知怎樣反應，心想：婷兒真大膽，我們就算有喜歡的男孩，也不敢正面説出來啊！

「這位小姐沒事吧！要我順道載她嗎？」那個余先生卻先開口説，表現得很熱心似的。

媚媚忙搖頭，急急跑開了。

第二天，幾個女孩子都好奇地圍着婷兒追問。

「你的男朋友是有錢人嗎？新手錶、化妝品都是他送的嗎？」

「他有三十多歲吧，不是太老了嗎？」

「你們拍拖去哪兒玩？不只是逛街看電影這些中學生玩意吧？」大家一人一句像要「審問」婷兒。

婷兒的回答卻令人吃驚。「年紀大一些沒所謂，只要他有錢、疼我，我又不是想和他一生一世，只要每次和他拍拖去街有回報，相比補習兼職可賺多些錢啦！」

「什麼？」媚媚忍不住插了一句：「你這樣，不就是援交嗎？」

婷兒臉龐一下子漲紅了，反駁説：「你知什麼是援交嗎？警告你，不知不要亂説！我不是！」

惠珠想緩和氣氛，輕輕拉開婷兒問：「那你喜歡余先

生嗎？」

婷兒理直氣壯地說：「喜歡不行嗎？他見識廣，跟着他，我可以出入高級地方，吃好的，買名牌，媚媚妒忌我吧。」

那次之後，媚媚很少加入和婷兒、惠珠她們玩，老師要她們分組做專題報告，媚媚也盡量避免和婷兒一組。

「噢，這手機真棒！」那一邊，婷兒正在向惠珠她們示範手機的功能，惠珠又大叫，真大開眼界呢。

在這一邊的媚媚也忍不住斜眼瞄了一下，那手機確是很難買得到的，首次開賣那天，媚媚哥哥專程由新界乘車到香港區的中環排隊輪候，也無法成功購買得到啊。媚媚有點想走近婷兒那邊見識一下，但她始終沒動，自從婷兒插進這班來，所有同學都覺得她時尚吸引，她又層出不窮地炫耀自己的物質，大家都羨慕她、討好她。媚媚想，自己不喜歡那一套。

放學媚媚去取單車時，見到那輛名貴寶馬車又來了，婷兒輕步奔上去，還轉過身來，笑着向惠珠說：「喂！你不是說很想遊車河嗎？來！今天我還會給你介紹男朋友。」

媚媚把單車駛近，見到車上除了那個余先生外，還有一個男人。媚媚立即拉着惠珠，問她要跟婷兒去哪裏。惠

珠天真地以為媚媚也想一起去，便説：「我們擠一點坐進車裏吧，婷兒説遊車河後，會去六星酒店俱樂部玩呢！」

媚媚生氣地搖搖惠珠的肩膊：「你這樣，不覺得很有問題嗎？」惠珠卻搖搖頭，匆忙地跟着婷兒離去。

媚媚忽然想起微博網上流行的一句話：「寧可在寶馬車裏哭，也不在單車上笑。」

事實真的這樣嗎？

媚媚一直很想找老師談這些問題，卻常害怕尷尬，但如今惠珠這灰姑娘竟跟着婷兒踩在道德的鋼線上，她薄弱的意志會否令她絆倒？她會否跌進華麗虛榮的無盡深淵？媚媚陷入深深的思索……

一雙破白鞋

　　這是一年一度的陸運會，手執彩帶和旗幟的啦啦隊都準備就緒，隨時為所屬之社的參賽隊員打氣。燕珊今天特意穿了新買的名牌跑鞋，當她走到田徑場的草地時，她的好友小碧和擁戴她的啦啦隊員都故意叫喊起來：「珊珊，你好潮，好有風采啊！」燕珊扭過頭，一臉神氣的望向觀眾席，她心想：「當然，新跑鞋不是浪得虛名的，等會看我摘下獎牌啦。」

其他預備出場賽跑的同學都陸續到場邊熱身，燕珊朝那個新加入田徑隊的鄉下妹秀珠打量：嘿！秀珠竟然穿一雙破白鞋來比賽。看那鞋頭，有個破洞，襪子都露出來了，真難看。「喂，穿着它不怕摔倒？」燕珊指着秀珠的鞋說。

秀珠擦擦額上的汗，搖搖頭，表示沒問題，還滿臉自信說：「破白鞋也能走出勝利來！」

這個秀珠，在新學期，坐在燕珊的鄰位，由於她混身鄉土味，燕珊覺得她和自己層次不一樣，大家的喜好、習慣等都不同，二人格格不入，很難成為朋友。例如，燕珊想談電視明星或潮流達人的最新時裝，秀珠卻說自己幫手餵豬，沒看電視，燕珊這才知道秀珠家裏是養豬的。燕珊真不明白：「養豬的，她隨意便說出來，不怕醜，不自卑嗎？」

後來，其他同學都知道她來自豬棚，有人掩着鼻子，取笑秀珠為何不改名「肥珠」，因為養豬人家該渴望有肥豬的，同學聽了都哄笑，秀珠也跟着笑笑，便沒事了。燕珊很奇怪，她怎會不生氣？對別的同學之惡意說話，她總是樂觀地笑笑便算，所以同學便不再作弄她，甚至對她有點敬意。

平日午飯時間，燕珊和小碧等會相約到餐廳，秀珠一

定不會同行，她總說要去圖書館；大家猜秀珠很窮，沒錢上餐廳。之後，秀珠做了圖書管理員，她愛閱讀，做事亦很努力，她寫的書介還被貼壁報，同學對她的敬意又多了幾分，這令燕珊很不高興，因為燕珊從未有文章貼堂。

熱身之後，負責最後召集的老師來叫大家就位了，第一線、第二線、第三線……參加二百米賽跑的同學都到了指定的跑道上。哗！秀珠就在燕珊的鄰線。

「砰！」一聲響亮的槍聲過後，參賽的同學個個都拔腿向前跑，快、快、快跑，但燕珊穿了新鞋的一雙腳似乎不聽使喚，忽然，一個又一個身影在燕珊身旁疾飛而過，燕珊出盡力向前奔，但眼見終點在望，已趕不及去追上超前的人了。

「激氣！」燕珊憤憤地回到更衣室。

「都說新鞋累事囉，我本來想提醒你……」小碧說。

「那你為何不早說！」燕珊一邊埋怨，一邊狠狠的踩那對新跑鞋。其實最令燕珊生氣的不是自己跑輸，而是穿破白鞋的秀珠居然也取得銀牌，她平日躲在圖書館，又不算什麼運動料子。還有，那些啦啦隊員更沒義氣，馬上轉向去捧秀珠。

「她是我的剋星！她，人土頭土腦的，鞋也是破的，

憑什麼勝過我？開心過我？激氣！」燕珊為了發洩心中的怒氣，決定去逛商場，大肆購物一番。

小碧陪着燕珊到大商場，上下走了數層，穿梭大小名牌店舖，但燕珊的氣仍未消。忽然，在轉角的店子，燕珊看到一部練跑機，她很想把它買回家操練。

「你不要老想着不快的事，好嗎？」小碧勸燕珊別買了，因為燕珊其實並不真的很愛賽跑。「算了吧！秀珠也是我們隊的人，其實隊友勝出也是好事呀。」

燕珊心裏的氣未消，當然沒有聽入耳，但之後想想，小碧也說得有道理。

過了數天，老師竟然選了秀珠和她集訓，準備代表學校去參加聯校大賽，燕珊決定要把秀珠看作自己的假想敵，好好和她再次較量。

時間偵探

「噹！噹！噹！……」大鐘敲響十下，這時，小朋友都該上牀睡覺了。一個拿着藍色大布袋，臉上長着白鬍子的老人，來到這個城市。

他是不是聖誕老人？不像、不像。他的布袋沒有裝滿禮物，他也沒有穿着紅袍，他有點嚴肅，目光如炬，像探射燈一樣注視着周圍，一旦有所發現，便展開行動——這位是時間偵探，他要偵查人們浪費時間的事件呢。

時間偵探來到少華的房間裏，少華奇怪地問：「你來給我送禮物嗎？但你不像聖誕老人啊！」時間偵探告訴少華，他是掌管時間的仙人，聽聞少華是個不守時、不守信的孩子，要來查證一下。

少華聽到有仙人來了，十分興奮，但一聽到偵探說要調查自己，就緊張地搖頭耍手，說自己常常看手錶，很注意時間的，但當少華伸出手時，他手上只有一個貪玩畫上的手錶。

時間偵探說，他有本領把時間撥回到昨天，看清楚少

55

華怎樣過 24 小時。他從布袋中取出一個顯示器，説：「你撥撥這 Time Pad 時間器，就可以看到昨天的畫面了！」

少華好奇地撥動時間器，他看見自己昨天在睡午覺。時間偵探提醒他説：「你還記得麼？你昨天因為貪睡，去朋友的生日會，卻遲到了很長時間。」少華點點頭，抱怨朋友都沒等他，把生日蛋糕全吃清光。

時間偵探説，少華不守時，浪費了自己和別人的時間。他又撥動時間器到昨天晚上，只見少華沉迷玩電子遊戲機。

媽媽催促少華快點做功課，少華笑嘻嘻的説：「快玩完這局啦，我玩三局遊戲便做功課了！」少華答應過媽媽，但卻沒守信用，他玩完一局又一局，三局後還一直玩，結果很晚才睡覺，要交的家課，沒有完成。

到了今天早上，少華太疲累，不能準時起牀，結果保姆車沒等他。

少華回學校參加運動會又遲到。時間偵探指着畫面説：「你看看！和你同一隊的接力隊員等你等得多焦急呀！因為你遲到了，結果……」

少華不好意思地低下頭，因為他遲到很長時間，結果他們的接力隊沒有比賽便輸了，其他隊員都氣得不睬少

華，不再信他，令少華好難過。

少華問時間偵探，他可不可以從頭來過，他請求時間偵探讓他參加接力比賽，取回勝利。但時間偵探說，過去了的時間，是永不能回頭再來的！

少華感到後悔了，時間偵探指着媽媽送給少華的手錶說：「你戴上真的手錶，由現在開始，好好守時守信便行了。」少華點點頭，答應一定做到。

再見，綠寶石！

「你知道世界上最大的卵生動物是什麼嗎？」

「烏龜和魚，誰較大呢？」

這些都是琪琪隨時會把你考起的問題。她雖然只是個四年級的小學生，每天卻最愛看科學或自然的紀錄片，媽媽不知道她看明白了多少，但她天天總有很多問題。

這個晚上，琪琪仍有個問題在腦中盤繞，想了很久也解答不了，但自己又太睏了，只好把問題帶進夢裏。在夢中，琪琪往窗外望，沉靜的馬灣只有微弱的漁火，但忽然間有一道綠光漸漸擴散開來，像巨人國的貓眼，而且變得越大越光，半浮在空中，把港灣的水都照成水晶綠色。咦，這倒影很像一隻大碟——

「是太空飛碟！」琪琪大叫，她在科學紀錄片看過，飛碟的形狀是那樣的。

「琪琪，為什麼還不睡覺？」是媽媽的聲音，她在催促琪琪睡覺。「那麼，我不是做夢嗎？」琪琪想。她再瞧一下窗外，那個綠色飛碟移得更近了，閃爍的綠光令琪琪

瞇起了眼睛。她這樣看了很久，卻不見什麼動靜，漸漸地琪琪的眼皮重了；她再張開眼時，媽媽已在催她吃早餐上學了。

「我看到 UFO ！」琪琪回到學校興奮地説，但同學都以為她在談看過的科幻片。

晚上，琪琪不服氣，躺在牀上遲遲不睡覺，她在等飛碟再出現。她等呀等，一直等了很久很久，仍不見綠色的貓眼碟，琪琪的眼皮快合上了。「為什麼仍不出現呢？」琪琪埋怨地説。

「為──什──麼──仍──不──出──現？」這時，有一把電子錄音似的聲音重複説着。

「是誰？」琪琪吃驚地問。

「是──誰？」聲音像回音似的重述。

琪琪擁着棉被，把它拉高，蓋起頭來。四周一片寂靜，琪琪稍稍露出一隻眼睛，瞄了瞄，噢，有個綠光人站在她面前！

真不知怎樣形容這陌生來客，他像一團綠光，但隱約可見到頭和外形，跟地球的小孩模樣差不多，但雙眼特別大，情急之下，琪琪只管叫他綠光人。

「我──來──自──太──空──飛──碟。」綠

光人開口說話，跟剛才的聲音一樣。

「那麼是天外來客，ET？」琪琪想。

「對！」綠光人說。琪琪想：我還未說出來，他怎知我想什麼？

「我——會——閱——讀——腦——中——所——想。」綠光人說。

琪琪覺得很有趣，便問：「你想來和我做朋友嗎？」

綠光人點點頭，又搖搖頭。原來他是從自己的小星球來此作宇宙旅行的，但途中丟失了回家鄉用的指南針，那

是一顆綠眼石，他現正四處尋找呢。若找不到這綠眼石，他便不可能重返自己的星球。

綠光人說由於綠眼石是在琪琪家附近丟的，相信琪琪可助他找出來。琪琪記得姨姨結婚那天，媽媽帶她去赴喜宴，媽媽戴着一大顆綠寶石，不知是不是像那樣的。

綠光人馬上知道琪琪想什麼，提議去看看那綠寶石。「但那天媽媽回家時已不見了那寶石，媽媽還傷心了很久呢。」琪琪說。

「我──們──到──過──去──看──看！」綠光人說完便領着琪琪到飛碟去。琪琪覺得飛碟內一切都很新奇，椅子、控掣盤都好像透明綠啫喱造的，十分好玩。綠光人在控掣盤上按了幾下，飛碟便起飛了。

不一會，綠光人便說：「到──達──了！」

「到了哪兒啦？」琪琪問。綠光人說他們只是到過去不同的時間，地點仍是媽媽曾去赴喜宴回家時的路徑。真會是這般的路徑嗎？

「這水也是馬灣嗎？」琪琪問，有點奇怪，怎麼看不到青馬大橋呢？忽然，有些叫聲傳來。噢，那邊有隻大怪物，長長的脖子，扁扁如蜥蜴的嘴，身軀龐大，呈墨綠色，那不是恐龍嗎？琪琪在有關恐龍的書上看過的，沒錯了；

原來以前青龍頭真的有青龍，這便是世上最大的卵生動物。

「這是多久以前的世界呢？」琪琪問。

「噢！——回——去——吧！」原來綠光人按錯掣，把二年按作二萬年前！

這一次，飛碟只搖了兩下，他們確實到了兩年前的琪琪家。琪琪和綠光人躲在街角偷偷望着，只見媽媽和兩年前的琪琪從喜宴回來，她們下了計程車，便慢慢踱步回家。

琪琪注意到，媽媽手上已丟了綠寶石。

「綠寶石遺留在計程車上了！」琪琪大叫。綠光人馬上掩着她的嘴，並迅速溜進計程車，趁司機未發覺時，把綠寶石拾回來。

「噢，真好！」琪琪笑着説。

綠光人説這綠寶石雖然跟他的不完全一樣，但因為質素很接近，也可用得着。他問琪琪可否給他返回星球，還是要交回給媽媽。

琪琪想，本來能得回寶石，媽媽必定會很高興的，但綠光人若不能返回自己的家，他便太可憐了，還是應該幫助綠光人的……

「謝——謝——您！」琪琪還未把話説出來，綠光人

已知道琪琪的善意，十分感激她，並答應有機會再來地球探望她呢。

綠光人把琪琪送回現在，便依依不捨地說再見了——一陣強烈綠光閃過後，綠色的貓眼碟飛越過青馬大橋，倏地變成一小點圓光，和掛在夜空的星光一般，只有琪琪知道，這小點的綠光是不同的，因為那兒有她的外星朋友。綠色星光閃爍時，琪琪彷彿見到綠色的星球，和她的外星朋友，遠遠向她微笑。綠光人所丟失的那顆綠眼石指南針，說不定有一天琪琪會替他尋回呢。若他有機會再來地球探望琪琪，她就請他告訴媽媽這兩顆綠眼石的故事吧。

一份禮物

（榮獲 1979 年香港青年文學獎）

阿強推開公司那扇大玻璃門，向巴士站那邊望過去——呀，一輛巴士正駛向車站！

他三步併作兩步，向前緊跑，看清楚是自己要坐的車時，候車的人差不多都已上了巴士。

「等等——等等……」他邊跑邊叫。當他趕到車站，車門已經關上，巴士無情的疾馳而去。

「如果不買這個，就能搭到巴士了。」他瞥一眼剛才在公司裏買的禮物——一本英文字典，用公司花紙整齊地包裹着。

「唔！遲一班車，也不要緊的。」他想，「弟弟一定喜歡這份禮物的。」

弟弟老早就希望買一本字典——牛津大學出版社出版的大字典。「老師說，牛津的字典最好，世界著名的。」弟弟說過。今天弟弟生日，這一份禮物，最適合不過的了，現在他剛讀初中，可能不懂充分利用字典，但升上了高中，

便會更愛這位「啞老師」。

「不知弟弟猜不猜到它是什麼呢？」阿強想，如果讓我來猜，我一定猜對。自己以前讀中學時，是多麼希望有本牛津字典啊！

他的希望又何只一本字典？他希望繼續讀書，中學畢業，甚至再讀大學……可是——阿強向前望，止住了自己的胡思亂想。

沒有車來。

「回到家，弟弟可能已經睡着了。」他有點心焦，巴不得立即就回到家，見到弟弟……

他和弟弟見面的時候越來越少了。每天早上他上班，弟弟上學。弟弟放學了，他也下班；但下班後，他不回家，他要去上夜學。星期天，弟弟又多半不在家。他説體操隊要練習，或者足球隊要參加比賽。

弟弟是活躍的，不像他讀中學的時候——他讀中學那時……

來了一輛車。

巴士很空。他上了車，找了個靠左邊的位子坐下。

座位近車門，等會可以快些下車回家去。

他看看腕上的錶，時針指着十時，但現在大概只有九

時五十多分吧，他的錶總是快些的。

　　阿強自覺每天都在和時間賽跑。時間永遠走得那樣快。他掙扎向前，向前追，追——他疲倦了，他的腿麻木了。時間在前面呼喚他。但他走不動了，他想停下來休息。

　　巴士停了下來。

　　阿強這才猛然一醒，趕忙下車。

　　過了馬路，看見街口的士多老闆在收舖，阿強心想，大概弟弟真的睡着了。

　　來到家門前，他沒有按門鈴，只輕輕拍了鐵閘兩下。

　　門「嚓」的一聲開了，開門的是媽媽。

　　「為什麼今天這麼遲？阿明要等你回來，剛才睡了。」

　　「哦。」他早料到了。

　　「你不記得今天是他『牛一』嗎？」

　　「『牛一』，記得的。」阿強緊緊揑着手裏的禮物說。

　　「不如明天才送給他吧。」他想，但仍不能決定，他希望弟弟驚喜一下。

　　「我買了隻雞腿給他吃，他卻不捨得自己吃，叫我切開，留下一塊給你吃。」媽媽從廚房捧出一個小碟來。「他真是，雞腿那麼小……」

　　「我吃過飯了。」

「吃了它嘛，阿明留給你吃的。」

「好吧。」阿強這時才發覺今晚屋子裏很靜。平日，包租婆和她的孫兒孫女總愛把電視機的聲音開得大大的，使屋子差點也被這些聲響震破了。他對那些聲音雖已習慣了——或者已麻木了——但他認為嘈吵的環境不適合阿明。「會影響他讀書的。一定要搬！」

「包租婆一家今晚去飲喜酒哩。」媽媽説：「他們出去了，家裏真靜。」

「這麼靜，媽，你早點睡吧。」

「嗯，你也早點睡吧，一天忙到黑，實在累得很。」

阿強亮了枱燈，把功課拿出來。但一會又停了下來，記掛着怎樣處理那份禮物。

他瞥見阿明的書包。「沒錯，就放在他的書包裏，讓他明天上學……」

他一打開弟弟的書包，驚訝地發現弟弟的成績表。他等我回來要我簽名的，他笑笑，拿起成績表來看。

升級或留級欄裏卻寫着：試升。

他愕然了。

阿明的成績一向雖然不算好，但都保持中上。現在居然退步到只能「試升」！

「太不像話了！」他很憤怒。

若試升不及格，那是要多讀一年了。

「禮物！」阿強望望那本用花紙包着的字典。「還要禮物嗎？」他撕破花紙，把頭伏在厚厚的字典上……

「他為什麼這樣不爭氣！」阿強覺得自己的苦心被辜負了，痛苦得有如自己要留級一樣。

他永遠記得自己為什麼讀到中四便要停學的。

那一夜，就好像今夜一樣，別人都睡了，他卻仍未睡。他睡不着，他不能決定自己該怎樣做。媽媽跟他商量，要他下學期停學。因為弟弟要升上中學，但工廠倒閉，媽媽

沒工做，不能負擔兩個人的學費，況且他又已讀到中四了。

中四！中四與中五相差多麼遠呢。他多希望讀到中學畢業。但他想起了死去的父親，想起了媽媽的辛勞，想到弟弟沒有接受中學教育，他能做些什麼？他不能讓弟弟小小年紀便去工作。於是他決定停學，去工作，賺錢養家，給弟弟上中學。

那時候，他自信「在家也可以自修」，他只希望弟弟能好好讀書……

「但他……」阿強衝動地轉向睡在上格牀的弟弟，用力搖醒他。

「你——你為什麼……為什麼？」

阿明睜開睡眼，見哥哥拿着成績表，便已明白一切了。

「哥哥，你看過了？」阿明慚愧得低下頭。

「當然看過了，你想瞞着不讓我看嗎？」顯然是激憤的回答。「你是怎樣讀書的？你上課打盹，沒留心聽講的嗎？時時去參加什麼活動，只顧玩，不讀書！……」阿強聽到自己大罵弟弟。這些話不像出自平日可敬可親的哥哥口中。

「我是留心的，我不是只顧玩的……」阿明眼睛紅紅，終於哭起來了。

「我只是希望你好好讀書，不要哭了。」阿強怕傷害弟弟，連忙安慰他。

「哥哥，我想轉校。」

「轉什麼校？若是留級就留吧。」

「你不知道，我校有十二班中一，只有六班中二，淘汰得很緊，我才只得試升。你看！」他把成績表遞給哥哥。「我沒有一科不及格的，雖然分數不高。」

阿強這才看清楚，成績表上真是沒有紅色的。

「我參加體育活動，也是被迫着去的。如果體育不及格，升級的機會也會降低的。」

阿強看着眼前的弟弟，瘦小，黃黃的皮膚，是個被壓迫的小可憐。

「不能怪你，不能怪你……」他喃喃說道，「不要緊，不要想這麼多，快快睡吧。」

阿強看着弟弟上了牀，安寢了，他仍然伴在牀邊。「哥哥你睡吧，我很好的了。」

「嗯！」阿強凝視弟弟眼角晶瑩的淚光，親切的撫摸他的頭髮。

四周是這樣的寂靜，那本字典靜靜的躺在桌面上。

機器家族

　　阿基先生和阿基太太是一對很依賴機器的現代夫婦，他倆的惟一兒子奇奇，也受了父母的影響，很崇拜和迷信機器的能力。

　　早上，這個機器家族均靠鬧鐘叫醒。他們享用過微波爐和多士爐弄好的早餐後，夫婦上班，兒子上學。他們住高樓大廈，每天利用升降機上落，而且各自戴着耳筒收音機出門去。

　　黃昏，他們回家了。阿基先生通常扭開電視機欣賞節目；奇奇用計數機完成數學題後，就打電子遊戲機。阿基太太是位家庭主婦，平日她會用洗衣機和吸塵機幫忙家務，又用電子瓦罉弄晚餐。一家人邊吃晚飯，邊欣賞用鐳射錄影機播放租來的錄影帶。

　　阿基先生很少與太太、兒子交談，因為大家的生活着實太忙，各種機器佔用了他們的餘閒，因此互相不聞不問。

　　忽然，屋子漆黑一片——「嘩！搞什麼鬼？」阿基夫

婦和奇奇同時大叫起來。他們很少這樣心靈相通，言語一致哩！

　　幸好電話仍通，阿基先生查詢大廈管理處，才知道是由於大廈使用冷氣機的人太多，電力負荷有問題，致使整座大廈電力停止了供應。

　　「幾時可駁回電力，回復正常？」阿基先生着急的問，因為他租來的電影，正播到最緊張的鏡頭！

　　可惜管理員無法作答，並建議他買洋燭、電筒作照明，暗示也許要等到天亮才可補救。

　　「我丟進洗衣機的衣物未焗乾，黑麻麻怎看得見往哪兒晾掛？」阿基太太感到很煩惱。

　　「橫豎沒電影看，逛街買個電筒吧！」奇奇覺得停電很新鮮，還建議出外去。

　　於是，一家三口決定外出。糟糕！電梯失靈，住在十八樓的他們，硬着頭皮逐級樓梯踏步下去，像落山一樣，越落雙腿越顫抖不穩。

　　由於太疲倦，他們坐在路邊的公園歇息。「唉，沒有升降機真慘！」阿基太太搥着腳骨説，阿基先生和兒子點頭同意。

　　這時候，一陣追逐的歡笑聲吸引了他們的注意，原來

公園的晚上，是這樣可愛的！

　　有些老人家搖着紙扇乘涼，一些小孩在踏單車，一些父母在緩步跑，看他們真是其樂融融！「追啦，追我啦，追得到，獎你一毛買紅棗！」一個大男人叫着，一個小孩子咭咭的笑着；追呀追，那小孩子追到他的爸爸了！

　　阿基先生想起奇奇很小的時候，他也曾經陪他這樣玩。後來他太忙，惟有不斷買玩具給奇奇。現在，電視遊戲機已佔據了他整個兒子了，他也很少看見以前兒子哈哈大笑的歡顏。

　　一雙情侶在樹下喁喁細語，男的不時撥弄女的長頭髮，他們細聲說，大聲笑，好快活啊！

　　阿基太太想起丈夫極少與她談天說地，他倆都是標準電視迷，幾乎所有的空間都給電視佔據了，心靈也蒙上機器塵，不易拭抹清淨。

　　「爸爸媽媽，」奇奇看着競賽單車的小孩，羨慕地說：「我也想騎單車，你們看多好玩……」

　　「好！明晚我們一齊騎單車比賽，現在——你來捉我啦！捉得到，我獎你一毛買紅棗！」阿基先生一躍而起，竟然跑起步來！

　　「好哇！」奇奇立即跑起來追爸爸，阿基太太也興致

得很，在後面追逐着兒子：「我來捉你啦！奇奇跑得好快哇！」哈哈哈哈……

這個晚上，他們尋回現代城市人失落的童真和家庭樂。

小玉的神奇畫筆

自從小玉閱讀了著名作家洪迅濤的《神筆馬良》後，她就幻想可以像古時的小孩馬良那樣，遇上神仙，送她一支神筆，那麼，她所繪畫的鳥，就會飛到天上去；她所畫的魚，也會游進水裏去……

「若你畫的鳥飛走了，你的畫不是變得空白一片嗎？」鄰座的聰聰調皮地說。

「這叫出神入化，活靈活現。你懂不懂！」小玉瞪他一眼。

其實，小玉的圖畫畫得很好，老師鼓勵她說，只要能像馬良那樣用心學畫，每天勤學苦練，手中的畫筆終會變成生花妙筆的。

於是，放暑假時，小玉常常跟着老師去寫生，到郊野公園畫山畫水，又畫花畫蝶，回到家繼續給畫稿上色。有一次，她寫生時丟失了一支畫筆，回家後疲倦極了，一躺下來，就迷迷糊糊地睡着了。

不知道什麼時候，小玉發覺自己彷彿重遊寫生的風景

區，遠處天邊泛起了一陣五彩的光芒，有個白鬍子的老人走過來，把一支筆送給她，説：「你失了一支畫筆，我送這支第二代出品的神筆給你，你要好好運用它呀！」

小玉把那支筆接過來一看，發覺它很特別，筆頭有一閃亮的迷你圓燈，筆身光滑，筆管上有一個小螢幕的窗子顯示器，似乎具有高科技功能；拿在手上，小小的筆卻沉甸甸的。小玉歡喜地感謝白鬍子仙人，正想詢問一下該如何用這支筆時，白鬍子仙人已經不見了。

這是個夢嗎？小玉揉揉眼睛，決定立即試用那支神筆。

她撫摸一下肚子，好像有點餓，便用那支筆畫了一個大蛋糕，還在蛋糕上加添了三顆新鮮的草莓。真奇妙！小玉剛畫完，就有一陣蛋糕香氣傳到她的鼻子，令她垂涎，難道這是感覺神筆？會把所繪畫的東西的香味傳播開來？

但是……蛋糕仍然動也不動地留在畫紙上，沒有變成真的蛋糕啊！

小玉用筆頭點一下蛋糕上的草莓，真奇怪，神筆二代立即說話了：「蛋糕上有一顆鮮紅色的草莓，好美味呢！」小螢幕的窗子顯示器還把說話的內容以文字顯示出來。

小玉覺得這神筆會依着圖畫說出文章，真不可思議。她便嘗試在她擅長的風景畫上加添了一隻小麻雀，這一次，她慢慢用神筆的小圓燈沿着畫面的風景點呀點呀，點到小麻雀……她聽到小麻雀在唱歌，神筆還輕輕訴說小麻雀學唱歌的故事呢。

噢！真是太好了！那麼，它可以協助小玉練習寫作，甚至圖文並茂地創作一本故事書呢。

小玉運用神筆，很用心地繪畫和寫作自己第一本繪本，老師鼓勵她把繪本故事與其他小朋友分享。於是，小玉快樂地拿着神筆和繪本去盲童學校做「義工閱讀大使」，她向失明的小朋友分享自己的繪本故事：「這神筆，讓你們

可以閱讀，聽到我畫中的故事呀！」神筆筆頭那小圓燈一閃一閃的點亮了，失明的小朋友打開心扉，好奇地聽着，不知不覺走進了畫中，好像看到畫中彩麗的世界。看着小朋友滿足的笑臉，小玉心想，這第二代神筆雖然沒變出真東西，但它有讀寫功能，真不簡單！小玉決定以後要更好地使用神筆，幫助更多有需要的人。

俊新的十歲生日

「你的十歲生日是怎樣過的？」小息的時候，戴俊新問剛過了生日的志聰。

志聰的嘴一咧，笑着說：「那天我到酒店吃大餐和生日蛋糕呢。」

「就是這樣？」俊新瞪大眼睛，眼中有點失望的神情。

「還有呀，」志聰笑嘻嘻的說：「爸爸媽媽和姨姨，都送我很多生日禮物呢。」志聰的樣子顯然很滿足，但這卻不是俊新所期望的。下星期就是他的十歲生日了。爸爸說過，「十」是一個重要的數字，人生有多少個十年呢，所以十歲是一個重要的里程，俊新好想自己的第十個生日能特別一些。

「今年的生日，你想怎樣慶祝呢？」這天晚上，細心的媽媽預先問俊新。

記得在俊新讀幼稚園的時候，媽媽曾為他安排了難忘的水上生日會，那天很多小朋友都穿上泳衣，一邊玩水，一邊和他慶祝生日，那天拍的照片，人人都曬得黑黑的呢。

　　但俊新進了小學之後，他爸媽工作更忙了，每年他生日的安排，就有點「例牌」，像志聰那樣，不外乎去吃大餐和買份生日禮物罷了。

　　「我不要『求其』吃吃餐和生日蛋糕。」俊新皺皺鼻子扁着嘴說。他央求媽媽給他生日的大「利市」，讓他自己決定怎樣慶祝。「好吧，你做東，請好朋友一起吃東西慶祝生日吧！」媽媽誤會兒子想學做「闊佬」請客，其實俊新內心另有主意呢。

　　快要告別九歲了，俊新臨睡前特別在日記本寫下：明天，要跟大人一樣，自己一個人做決定，做大人做的事，這才稱得上是「大個仔」。

　　第二天雖是周末，但媽媽要上班，而俊新會到學校參加活動。「媽媽給你準備了你最愛的史諾比小狗 T 恤呢，反正今天可以穿便服上學。」媽媽臨出門時說。

　　「我不要！」俊新扁扁嘴，再鄭重地對媽媽說：「我不喜歡印有『公仔』的衫了，以後都不要再買有公仔的東西給我呀！」媽媽有點莫名其妙，回答說：「那麼，你愛穿什麼，就穿什麼吧。」

　　俊新揀了爸爸買給他的卡其色小軍裝上衣，之前它不大合身的，現在則恰到好處。

　　俊新和媽媽乘電梯到了樓下的管理處大堂，管理員叔叔見到他，也稱讚説：「嘩，大個仔，好醒目呀！」

　　但因為揀衣服多費了時間，媽媽只管催俊新快步走，沒時間寒喧了。從俊新家到學校，要經過一條繁忙的大馬路，站在交通燈前，俊新對媽媽説：「媽，你趕時間上班，過了這馬路，你就讓我自己步行到學校好了。」媽媽見俊新的眼神充滿自信，便微笑地點點頭。後來，媽媽仍有點不放心，就站在一旁望着兒子的背影差不多到達校門，她才放心離開。

　　學校的活動完畢之後，俊新便乘地鐵去到市中心的大商場，爸媽慣常帶他來這兒購物，路程他都認得，所以他一早已和爸媽約好，他會自己先逛逛，到了黃昏爸媽下班後，大家才在這兒會合。

　　「哈，下午半天時間，我可以自己一個人想怎樣便怎樣呢！」想到「一個人做決定」這點，俊新禁不住從心底裏笑出來了，因為他相信，能一個人獨決獨行，才真正是「大個仔」呢。

　　經過商場那間著名的「星北北咖啡店」，俊新決定入內喝咖啡。他雖然與爸媽常經過這店，但卻從未入過呢，每次朝店前的落地玻璃望過去，他總覺得裏面的顧客很時

尚，很「有型有款」的，有人呷一口泡沫咖啡之後，輕鬆地在電腦前上網瀏覽；又有人舒適地坐在柔軟的大沙發上，閉目聽音樂，真是寫意呀。這兒跟一般快餐店完全不同呢。

但進入店裏之後，俊新心底卻有點猶豫，店內沒有一個小孩，他硬着頭皮上前對店員説：「我要一杯咖啡。」那個鬈髮的外籍店員用英語問他一些事，俊新聽不清楚，只好點頭，把十塊錢遞上去，店員卻指指收銀機，上面竟顯示三十六元，俊新嘀咕着付了錢，便拿了一杯熱咖啡，在落地玻璃旁找了一張椅子坐下。

俊新把鼻子湊近杯子，感受一下濃濃的咖啡香氣，滿意地笑了。這時，好像有人叫他，原來他的同學志聰和杜作人就在落地玻璃外面經過。

「你下課後跑得真快！我們想慶祝你生日嘛！」杜作人進來坐下便叫嚷着。志聰豎起手指，放在嘴旁，示意杜作人説話要輕一點。「這兒很高級的，不可大叫。」

二人指指俊新手中那杯咖啡，陰陰嘴笑，似乎在説：真鬼馬，學大人喝咖啡！之後，他們三個輪流呷了一口咖啡，都分別伸伸舌頭苦着臉──原來大人所愛的咖啡是很難喝的。

「我們接着到哪兒玩呢？」杜作人問：「到比薩屋吃生日餐？」俊新搖搖頭，他仍未想好，可能去溜冰，或看一場電影。「總之，我想自己一個人，做大個仔的事情。」俊新表示不用他人陪伴，志聰和杜作人都鼓着氣，異口同聲説他是怪人，不夠朋友。

二人生氣地走開之際，剛巧與一個正在商場義賣的老人家碰個正着，老人家手中的「愛心餅」都撒落在地上。志聰和杜作人心慌慌地拐個彎想逃開，俊新卻追上來揪着二人的衣尾，義正詞嚴地説：「喂，人家的餅都跌碎了，你們這樣跑開，不負責任，是男人大丈夫所為嗎？」志聰

和杜作人互望了一下，垂着頭説：「但我們身上沒有錢呀。」俊新摸摸口袋裏媽媽給他的大「利市」，堅決地説：「好吧，讓我來付！」

他們折返那個「愛心餅」的義賣攤檔，正在收拾餅碎的老人家一抬頭，就親切地笑着説：「真是你們嗎！我還以為自己看錯呢！」原來老人家就是上學期剛退休的孫校長，俊新他們很慚愧地説：「校長，對不起！」俊新掏出錢，説要付那些碎餅的錢，但孫校長撫摸他的頭，説：「你們回來道歉，我很高興呢，不如大家幫我忙，義賣一會吧。」俊新想不到拒絕的理由，便決定留下來做義工。杜作人、志聰也只好跟隨他。三個小男孩捧着一包包「愛心餅」，努力向商場的途人兜售。最初，俊新他們有點害羞，但過了不久，也學到一些推銷的竅門，例如一些老婆婆容易心軟被説服，有些人要多纏一會才首肯等。兩個小時下來，銷售的成績可説甚佳呢。

孫校長特別頒了「義工嘉許狀」給他們，道謝之後，便吩咐他們趕快回家。俊新説他不用立即回家，因為約了父母在商場會合。孫校長眼珠子一轉説：「我知道。」原來孫校長和俊新的媽媽通過電話呢。

這天晚上，俊新和父母，還有孫校長一起吃了一頓豐

富的晚餐。也許因為經過了半天的義務工作和勞動，俊新感到這個生日餐特別津津有味呢。

他在自己的十歲日記上這樣寫着：

「我十歲，得到了媽媽的信任，自己一個人上街。我做一個負責任的人，得到了金錢買不到的經驗和『嘉許狀』做禮物。爸媽都讚我不愧是『大個仔』！」

兒童論壇

假期的時候，小成、志聰和嘉嘉幾個同學特別參加了一個國際交流營，本來班長如娟也想加入的，但因為家裏有事，要留下來。

「記着帶手信禮物回來給我啊！」如娟懇求地説。

「我們不是去旅遊，不知可否買到呀。」嘉嘉嘟嘟嘴説。

説的是，幾個同學是以學校代表身分出席此次的交流營，還要負責兩個項目。其一，是「民族才藝表演」，來自世界各地的小朋友會穿上民族服飾，表演歌舞、彈奏等具民族特色的藝術；其二，是「兒童論壇」，由各地小朋友自由發揮，就大會所選的主題演講，表達他們的意見和想法。

「才藝表演」方面，有嘉嘉這個小歌后在，本來沒有什麼難度，但出發前他們幾個最煩惱的就是服裝，應該穿什麼才可顯出香港民族特色呢？

「穿小鳳仙旗袍裝吧。」小成説，「我媽媽去特別宴

會都那樣打扮的。」

嘉嘉扁扁嘴說：「我不要像媽媽的裝扮。」

志聰則建議嘉嘉穿公主裙，那麼他就可以扮王子了。但小成拒絕扮侍從。

商量一番後，結果大家決定穿上印有金紫荊花圖案的運動裝，表現香港人充滿活力的特色。

坐了很久長途車才到達營地，小成、志聰和嘉嘉三人已感到很疲倦，活力都欠奉了，但見韓國的代表卻精神奕奕，一邊喊口號，一邊往禮堂那邊跑去。他們說，要為晚上的民族才藝表演排練和準備呢。

「嘉嘉唱歌很熟練了，沒什麼要準備吧。」小成說。於是，他和志聰到了休息室玩遊戲機。嘉嘉則隨意散散步，看看營地有什麼東西可玩或有什麼手信可買。

到了指定的集合時間，嘉嘉來到禮堂向負責老師報到，她望見那些穿着韓國古裝的小朋友，每人均拿着大鼓，為表演已準備就緒；還有穿着草裙赤腳的夏威夷女孩，大家都很用心裝扮呢。

怎麼不見小成和志聰的人影呢？嘉嘉心裏焦急起來。

各地區的小朋友表演都相當精彩，但嘉嘉沒心神欣賞，總是不斷向入口處張望。

　　終於，表演中途，小成和志聰才施施然到達，他們說，玩遊戲機忘了時間。

　　那個晚上，嘉嘉一肚氣上台演唱，自己也不滿意。

　　第二天，集體遊戲之後，便接着舉行「兒童論壇」了。午飯前，籌辦大會宣布了大會選定的主題——未來的希望。

　　「我希望將來可以住在一個綠化的城市，可以見到藍天和呼吸清新的空氣。」志聰像唸書一樣，搖頭搖腦地說，小成還在旁邊展示了一些臨時繪畫的綠化環境圖。

　　輪到日本的代表，他出場時，場面引起一陣騷動呢！日本男孩指揮生動的機械狗出來，然後發表演說，先用日語，再輔以英語，講述如何建立未來機械人和高科技的王國，神氣極了。

　　「可惜他的日語和英語，我也不大聽得懂呢！」曾上過暑期日語班的志聰抓抓頭，不好意思地說。

　　代表美國的是一個黑膚色的女孩，在演講前，她先利用電腦播放了一些打仗場面的圖片，還有網上九一一恐怖襲擊；接着，女孩說：「未來，我不想再見到戰爭，我爸爸是九一一事件中的犧牲者，但我相信只有愛才能令世界變得和平。」說到最後，女孩還眼泛淚光呢。

　　嘉嘉也受到感染，雙眼都紅了。「唉，她雖然親人死了，但仍能那樣堅強，真難得。」

　　輪到北京的代表出場了，只見一個梳着孖辮的女孩，拖着一個失明的小男孩，慢慢走到講台中央。

　　她怎麼牽着一個盲童？他們有什麼話要説呢？大家的腦子裏都裝了很多問號。全場一片肅靜，等待他們開腔。

　　盲童先向觀眾深深鞠躬，然後引吭高歌，清脆甜美的童聲，像清泉沐洗人們的心扉，又像天使灑下的銀鈴，令人心中充滿祥和、感動。之後，孖辮女孩介紹自己曾經很愛玩，疏懶不閱讀，成為男童的「伴讀姐姐」後，男童對

閱讀和求知的熱情，激起她自己向上的心。她接着説，只有關心世界上弱勢的社羣，為他們帶來知識的光，未來才會充滿希望。孖辮女孩講完之後，拖着盲童的手，再向觀眾深深鞠躬，全場響起一片掌聲。

　　嘉嘉、小成和志聰都大力拍手，嘉嘉尤其感到這些小朋友在論壇上真閃亮極了，他們分享的話講得真好，而自己和同學，小成、志聰常常只會想着遊戲機、買手信，真不應該！如果要像司儀姐姐所説，成為「未來的棟樑」，一定要多多學習和努力呢。嘉嘉心中暗暗決定，自己也要學習他們，將來在生命的舞台上閃亮發光。

櫻花手紙

　　易玲把那張「少年隊」大海報從牆上輕輕撕下來，正動腦筋該怎樣放進行李箱，才不致被弄皺，這時門鈴響起來。

　　原來是媚媚找她問功課。

　　「媚媚呀，我要忙着收拾行裝，哪有時間去慢慢做功課呢？」一臉煩躁的易玲忽然又輕鬆的説：「其實我快到日本留學去，這兒的功課不用管那麼多了。」

　　「你就好啦，不用參加會考，日本又有很多好玩意，真令人羨慕呀。」

　　「我就是因為不想考會考，才答應爸爸早點到外國留學呀。」易玲頓了一頓，忽然把手中的海報交給媚媚：「這張海報送給你。日本一定有很多少年隊的海報，我不用帶過去了。」

　　「説不定你還會和少年隊見面呢。」媚媚羨慕地説：「要是我可以和你一同去日本，聽少年隊的演唱會便好了。」

「別不開心啦，我一定會寫信給你的。」

易玲心裏雖然也有點依依不捨，另一方面卻巴不得馬上飛到她夢想中色彩繽紛的國度，在迪士尼樂園遊玩，買可愛的毛公仔，房間貼滿少年隊的海報，還要打扮成日本青春少女形象，叫媚媚眼睛大亮。想到將來可以唱很多很多日本歌，易玲便更興奮陶醉了。

八月尾，日本學校的暑假還未結束，易玲已抵達東京，準備九月上課事宜。從九月開始，她先讀日文，到明年四月才可正式入讀高校。

父母安排了易玲入住學校的宿舍，說住宿舍較安全，又可有其他同學做伴兒。但易玲第一次踏足那陰暗的舊木地板，便覺一陣失望。九月的炎暑天氣，室內居然沒有冷氣，蚊蠅從破舊的紗窗穿來插去，嗡嗡地擾人耳根。易玲懷疑自己是否身在大都市東京。

這是一間國際學校，外國學生和日本學生各佔約一半。除了易玲從香港來之外，有從美國、英國、德國和東南亞等地來的，他們多數因為父親在日本工作，所以跟着父母一起逗留日本。除了日語，英語要算是可以溝通無阻的了，但易玲兩樣也講不通，英語她雖然學過，但以前在香港上課是馬馬虎虎的混過去，沒想到來了日本要使用，現在常

常害怕開口。

　　易玲最討厭的，是那些日本同學動不動便問她英文，又説：「你從香港來，英文一定很了不起的了。」易玲心想她們大概在諷刺自己。

　　開學一段時間，易玲才想起自己沒寫過信給媚媚，便把她心愛的櫻花信箋攤開來，但她想了又想，仍不知寫些什麼。忽然她想：「呀，用點日文吧，這樣會特別些。」她便翻了翻日文書，寫了些日文問候的説話。然後繼續寫下去：

嘻嘻，我原本想全部用日文給你寫『手紙』（即信）的呀，但怕你誤會是少年隊寫信給你，只好用回中文了。以後我可以教你用日文寫信給少年隊呀。現在我的日文已經很好啦，可以扮日本妹呢。但我的日本同學好喜歡問我英文，把我當做英文字典，因為她們英文很差的。

寫到這裏，易玲覺得應該寫點有趣的事，譬如到原宿逛街見到的美妙東西，又或精彩的電視節目等，媚媚一定希望她説説這些的。但自從開學以後，易玲天天溫習日文，星期日也不敢四處逛，因為天天有小測驗，每周又有中期測驗，真是比在香港時還緊張，哪有時間玩呢？電視節目嘛，她只是看見那些藝員歌星在跳在叫，卻不知他們説些什麼。

那麼寫寫美食吧。易玲便這樣寫下去：

這裏的超級市場都很大，隨時可以買到有趣的日本小食，燒墨魚啦、魚丸啦、蟹肉片啦、紫菜燒餅啦，都很好吃的呀。種類多得很，我想全部都嘗一嘗呢。

易玲一邊寫着便一邊垂涎。以前在香港跟爸爸媽媽到

日本百貨公司，常常嚷着要爸媽買這買那吃。現在每個月收到爸爸寄來的匯款後，清清楚楚的數了又數，買東西時看價錢就很仔細，越精打細算便越捨不得吃了，因為價錢很貴呢。

易玲初來時，每見到少年隊海報便興奮的買下來，後來發覺花了她半個月的飯堂餐費，吃了一驚。本來想在房間貼滿海報的，結果只小心翼翼的貼了一張，其他的都好好收藏起來，恐防弄髒了。

想起那些海報，易玲便這樣接續寫：

我買了很多少年隊的海報，張張都很漂亮的，你看到一定會好喜歡。告訴你一個秘密，我學校有好幾個男生，樣子很像少年隊的呢，有一個叫佑太郎的曾主動和我說話呢。

那個佑太郎說的話，易玲一定不會忘記。那天是羽毛球會的賞櫻聚會，易玲刻意一身日本妹打扮去參加。想不到那個佑太郎卻問她：「你的日文好怪，你不是日本人嗎？」

易玲旁邊的順子便替她解圍，說：「她是外國人呀，

香港來的，所以像我們黑頭髮黑眼睛。」

易玲當時真後悔自己日本妹的打扮呢。

她迷惘的繼續寫：

也許他會覺得我夠日本味，是他理想的對象呢。以後發展怎樣，待下回分解吧。

易玲放下筆，自覺這樣寫頗幽默，便笑了笑，彷彿事實與自己所寫的真是完全一樣。

這時，易玲忽然聽到順子在叫她，便應着說：

「我在此，有什麼事嗎？」

「你不記得今天要練習羽毛球嗎？」順子兇兇的質問她。

「我要寫信回香港，今天暫不練了。」其實易玲有一半原因是不想參加那些機械式的訓練。

當初參加羽毛球會，只是想做點運動、認識多些朋友，想不到原來他們是為爭取冠軍而要拚命練習。他們那種拚命法，易玲親自見到才能體會，單是熱身跑跳運動也做個多兩個小時，手未觸到羽毛球拍，人已累死了呢。以前易玲看那些日本電視片，覺得那些拚命叫努力加油的日本人

好傻好笑，現在自己身處這些人羣之中，卻是笑不出來了。

順子黑着臉，嚴正的説：

「你不該隨便缺席的，加入了我們的羽毛球會，便要和我們一致行動，你想清楚吧。」説完順子便先走了。

易玲一時給罵得呆了，望着順子的背影，不明白自己究竟做錯了什麼，只感到很委屈。不自覺的緊握着拳，聽見沙沙的紙張捲摺聲，然後一個小紙團跌到易玲腳下。信箋上的櫻花原本是那樣美麗，剎那間卻扭曲了。

易玲把小紙團拾起來，心想，還是不要浪費那麼漂亮的信箋來胡言亂語，要好好的給媚媚寫封「手紙」。

口味新時尚

（榮獲 1996 年香港電台兒童故事創作銀筆獎）

小食部對春田花花小學來說，是一個很重要的地方，但重要並不一定是有意義。

說它重要，是它給予小學生小息時填肚子的機會，大家可光顧各式各樣的食物和飲品。說它意義不大，是由於它提供的食物，都不外是各款薯片、魷魚絲、酸梅、鹹花生之類零食，當然少不了各種甜膩膩的汽水啦，加上小學生們奇招突出的打尖搶購「絕技」，不守秩序的爭執，使小食部看來熱鬧非常。

老校長在暑假前退休了，暑假後來了一位年輕結實的莫校長。她臉上常掛着陽光一般的笑容，大家初時以為她是新來的老師，因為校長不是都坐在「涼浸浸」的冷氣室裏辦公的嗎？她卻常在校園逛，跟小學生談天。這個新校長帶來第一件新事物，就是一個全新的小食部。

「以前的小食部有很多缺點，現在起會一切不同，請各位同學支持，它將會由我的爸爸和媽媽，還有小狗阿花

管理！」新校長宣布。

大家小息的時候，都不再你推我撞，因為老闆是校長的爸爸媽媽，這兩個老人家不知道會不會「摘名」報告校長哩！

而且，校長的爸爸媽媽很老了，要慢慢來，最怕人多會混亂。平日最愛買辣薯片的嘍嘍和買沙嗲魷魚的兜兜，都失望得很。因為排在後面，很久才輪得到；輪到了，卻又買不到。嘍嘍問：「真的沒有嗎？那我要一罐可樂算了！」兜兜卻情願要雪糕。

老闆搖搖頭：「不是沒有呀，是不賣哩！這裏只賣健康食物。」

大家你望望我，我望望你，都不明白。很多同學覺得小食部變了樣。

這時，小狗阿花從小食部跑了出來，汪汪的吠個不停——原來牠要為老闆娘開路，她正捧着一大盆雜菜沙律出來哩！老闆也來了，他拿着兩大瓶自製豆漿，還有很多杯子哩！

莫校長領着幾個搬枱搬凳的校工，在小食部前面加上餐枱餐椅，把「健康食品售價表」的紙板卡放在餐桌上，你知道現在小食部賣的是些什麼？看看吧！

健康新口味
健康食品售價表

1. 田灌草煲蜜棗　　　一元一碗
2. 西芹番茄雜菜沙律　　四元一套
3. 素腐皮卷　　　三元一件
4. 自製豆漿　　　三元一杯
5. 士多啤梨班戟　　　七元一件
6. 果占三文治　　　三元一件
7. 自製酸梅湯　　　三元一杯
8. 家鄉砵仔糕　　　兩元一件

　　「校長，我想買巧克力呀！」小美張開缺了牙的大嘴巴說。「我喜歡吃蝦條！」小胖也搶着說。一時間大家議論紛紛，表示吃不慣新出售的食物。莫校長微笑着擺一擺手，大家都漸安靜下來。「良好的食物和運動，是保持身體健康的最佳方法，如果是好的東西，絕對應該支持呀！大家吃慣易發胖的東西，將來就不妙哩！我們為了大家的

健康着想，特別炮製健康小食出售，希望大家今後少吃加
工食物，把壞習慣剔除！現在免費試食，你們會習慣下來
的！」

　　小學生們都鼓掌歡呼。試過老闆的廚藝，都覺清淡甘
美，比平日吃慣的雖不同，卻絕不難吃哩！「如果這樣吃，
將來跟校長長得一樣好看健康，又有何不好呢！」小美快
樂的想。

校園電視台「瘋」波

　　放學鐘聲響了，阿輝忍了很久，終於可以把自己的手機拿出來，他用手指點點撥撥屏幕上的鍵盤，急不及待發出一個 app 訊息給鄰班好同學志成。

　　「喂，你在哪裏呀？快到電視台處集合。」

　　阿輝和志成都被陳主任派到校園電視台幫手。本來，電視台的成員多是對傳播工作有興趣和口才、成績皆優的同學，像主播嘉嘉、中四高年級的編導偉奇等，他們都做事認真，是老師的得意弟子；但像阿輝和志成，形象一向是吊兒啷噹、懶散貪玩的，很難想像他們會入選。但由於這二人 IT 技術了得，陳主任便特別選他們任技術員。他們可沒有什麼熱誠參加課外活動，但聽說可操控電腦網絡，倒被吸引過來了。

　　趁其他同學仍未抵達，阿輝趕快上網，鍵入戚老師的名字作一番搜尋。

　　「啊！你想作人肉搜查！」志成來到了，陰陰笑在阿輝背後說。戚老師就是新來不久的中文補習老師，一些八

卦的同學打聽到戚老師是一個報章上的專欄作家。

「See！他筆名戚然，專欄內容都是寫壞學生，哈！居然還寫他們怎樣變乖，他是不是這樣厲害呀。」阿輝抹抹嘴邊的飛沫，不屑地說。

「喂，你們小心戚Sir，說不定他是校園臥底，會收集你們的臭事，都寫在專欄呀。對了！一齊找找他的把柄吧。」志成立即用手機進入他們死黨的app羣，傳出這個訊息。阿輝望着志成會心微笑，「嗯，志成的臭主意有瞄頭，有很長時間好玩啦！」

App羣當然不只是說說而已，大家「咚！咚！咚！」通過屏幕，互遞戚Sir的壞話：「他不夠資格，不算正式老師。」「上課時，他的手機響了兩次。」「他偏心女同學。」「他看女同學的眼神不同。」正當阿輝他們越說越激動時，主播嘉嘉和編導偉奇竟然伴着戚Sir到來，阿輝和志成立即關掉屏幕。

嘉嘉花了約一小時，錄製新老師戚Sir的專訪，話題是關於閱讀和人生的，阿輝和志成不感興趣，悶悶地在按制攝錄及收音。「專訪問題太一般了，不尖銳的。」離開時，阿輝又發出一個app訊息。

之後數天，除了阿輝的app羣組，全校，以至全城，

都鬧哄哄地談論起戚然這個人，戚 Sir 忽然變出名了，那不是因校園電視台播出了專訪（其實，專訪仍未剪輯好播出），不過聽說戚 Sir 之前在另一間學校教過的女學生死前一天曾找戚 Sir 傾訴心事，戚 Sir 沒怎樣理她，那女學生結果自殺死了。她的遺書、相片和事情被放上網後，隨即引起各方批評和關注。特別因那女學生是美少女，大眾傾向同情她，激發出強烈的憤責情緒，而不知誰在網上回應，為戚 Sir 挺了一句「很難說兼任老師應該負大責任」，更激烈的輿論和譴責便排山倒海而來，像熱刺刺的火苗迅速蔓延整個山脈，越炒越熱越離譜，甚至有人傳出戚然和那少女有戀情，以至政治化地說那少女是不惜一死向考試制度提出抗爭……

「戚 Sir 已在專欄上澄清了呀，那少女只想逃避現實。而且他已轉了校，為什麼人們不看清楚真相，便盲目地人云亦云呀，激氣！」這天，嘉嘉一到達校園電視台，便氣得亂按控制台的按鈕，阿輝見她漲紅了臉，不敢惹她。

「咚！」阿輝收到志成的訊息，屏幕上顯示：「你猜校長哪天炒戚 Sir 魷魚呀？」

阿輝興致勃勃的正想回話，猛不防嘉嘉從他背後一手搶去他的手機。

「你們還推波助瀾！戚 Sir 沒有錯，炒不得。你以為我不知你們常常在 app 上 gossip 什麼壞話嗎，身為校園電視台的成員，轉發這麼多不盡不實的訊息，你不感到羞恥麼！」接下來嘉嘉像校長上身似的，沒完沒了地對阿輝訓話。阿輝聽了心裏很不高興，但一時語塞，心想，她發訊息罵就好了，那比較容易答她。

忽然，阿輝坐直身子，大聲地説：「好了！若你想校長不炒戚 Sir，那我幫你把支持戚 Sir 的好訊息瘋傳吧！」阿輝也想不到自己為何會這樣説。

嘉嘉搖搖頭，不願接受阿輝的「瘋傳」建議。剎那間，她想了很多，自從她任主播以來，對大眾傳媒方面的認識加深了，亦令她體會到電子媒體的威力和影響。她想到一個主意，就借今次事件和校園電視台的平台，製作「別被網絡媒體牽着鼻子走」的特輯吧！她決定把這主意向陳主任提議，並商量一下如何好好處理。

「月光號」晚會

中秋節假期，小榮一家參加了「月光號」海上晚會。這艘特別的客船，每年只出現一次，而且只招待那些相親相愛，整年都未曾吵過架的家庭乘船遊覽。小榮和他的爸爸媽媽為了參加這麼難得的旅遊，在過去一年都互相忍讓克制，不發脾氣，甚至有時想些有趣的方法來表達愛意；終於他們如願地收到邀請，可以登船了，大家都感到很興奮。

一踏上船，就有人送上耀目的花燈帽子，形狀各不相同，小榮頭上的一頂是「走馬燈」款式——噢，不！應該是「太空人」才對。方方的帽子四面亮着，反映着正在漫遊太空的宇航員。媽媽那一頂帽子形狀像朵大蓮花，而爸爸則戴着飛碟般的圓帽子，四周的小孔還發出一縷縷的藍光，像在發信號呢。

甲板上有樂隊在彈奏優美的樂曲，每個表演者都穿着綢緞古裝，奏樂的姿態美妙，像行雲流水，使人感到飄逸出神。此時，遊客都朗朗上口地哼起歌來：

愛是恆久忍耐又有恩慈，愛是不嫉妒，

愛是不自誇不張狂，不做害羞的事，

不求自己的益處，不輕意發怒……

　　但小榮一家誰也沒有心情去聽。小榮的肚子「咕嚕咕嚕」響了，他催促爸媽先去宴會廳吃東西，但爸爸覺得應該趕快去參加「月光夢飛行」試航活動，因為那是重要節目，不可錯過；媽媽卻堅持要去嫦娥美容室，打扮好之後可以拍照留念。

　　「我餓了，要馬上吃大餐！」小榮扁着嘴說。

　　「要吃的話，隨時有得吃，急什麼！」爸爸最不高興看見小榮撒嬌淘氣，但他大聲一喝，小榮的眼睛立即紅了。爸爸看着更生氣了，「男孩子動不動就想哭，多丟臉呀！」

　　爸爸的話剛說罷，小榮竟然真的哭出來了。媽媽警覺地用手掩着小榮的嘴巴，小聲說：「忘了月光號的規定嗎？不可吵架呀！」

　　於是，爸媽互相換個眼色，決定先去宴會廳吃一些點心，再參加其他活動。

　　宴會廳中央放着豐盛的食物，有小榮喜歡吃的醬汁大蝦、松子黃魚、中式牛排、粟米龍利、香菇魚蛋、海鮮意粉，

以及超過一百款的水果、甜點和蛋糕，有些名字小榮是認識的，有些則新奇得從未見過，而食物桌正中擺放了一個巨型冰皮月餅，晶瑩透剔，散發着迷人的光芒。

小榮高興得衝上前去，大吃特吃起來。爸爸想，小榮還會吃好一會兒的，不如先去試試「月光夢飛行」吧。他便獨自悄悄跑開，到了「月光夢飛行」的大帳篷。

原來這是模擬試飛活動，參加者只要坐進飛行艙，按下指定的按鈕，就會感覺飛進一場夢裏，像真的曾有這樣的經歷一樣。但究竟會飛進什麼夢裏，可沒説得準。

「那些夢都會是你所渴望的，而且，若一旦飛進某一個夢，不久將來，夢中所見也有可能真的發生呢。」主持人解釋説，「不過，限時 3 分鐘呀！」

小榮的爸爸搶先報名試飛，他多麼想在夢中見到自己成為富翁呢。他踏進飛行艙，就急不及待關上門，可是，駕駛盤上滿布閃動的按鈕，應該按下哪一個才對呢？主持人在窗外指手劃腳，想給他提示，但他還是不清楚，門又緊閉着打不開，他急得滿頭大汗，最後惟有胡亂按一個。

不一會，只見他在夢中穿着太空人的衣裝，在雨中緩慢地步行，周圍沒有人影，卻有一隻巨大的兔子蹦蹦跳跳，兔子轉過頭來，臉容竟有點像小榮！

小榮的爸爸嚇得大叫，而這時 3 分鐘過了，飛行艙的門自動打開，主持人說：「飛航完畢了，多謝！」

「這個夢不會真的發生吧？」小榮的爸爸擔心地問，但主持人只笑而不答。

爸爸想起小榮，匆匆跑回宴會廳去。他四處張望，不見小榮和他媽媽。

這時候，擴音器傳來晚會司儀的聲音：「歡迎各位貴賓光臨月光號。這裏所有美食都是免費供大家享用的，請盡情享受吧！」但司儀咳了一聲又說：「不過，請注意，只有那個巨型月餅是不可以吃的，各位千萬別動它！」

小榮的爸爸朝那巨型月餅望去，忽然雙眼瞪得大大的，好像給什麼嚇住了！

　　原來他見到小榮爬上像小山那樣高的月餅，還抓了一塊月餅來吃。爸爸「呀！」的尖叫一聲，但已來不及阻止小榮了。周圍的人也注意到了，侍應趕上前想把小榮拉下來，但他們無法捉住小榮，因為他雙腳變得像兔子一樣蹦蹦跳跳。噢，他頭上還長出長長的耳朵呢！

　　「呀！」又一聲刺耳的尖叫；那是來自小榮的媽媽。她打扮成嫦娥模樣回到宴會廳，她也給嚇一跳。

　　司儀咳了兩聲發出警告：「各位請注意，有胖月兔出現，請千萬別走近牠！」

　　像月兔一樣的小榮覺得很委屈，眼睛變得更紅了。他一反胃，還把之前吃下的東西通通嘔吐出來。

　　「誰叫你頑皮亂吃呀！」爸爸氣得教訓了小榮一頓。

　　媽媽看見小榮的怪樣，心疼極了，忍不住埋怨爸爸只顧罵兒子，卻不想辦法去解決問題。但爸爸反駁說小榮弄得如此，是因為媽媽只顧打扮，沒有好好看管他。

　　他們你一言我一語，鬧得越來越激烈。

　　終於，月光號的主人——嫦娥出來了。她說：「這裏只歡迎那些真正相親相愛，和不吵架的家庭來遊玩，你們忘記了嗎？」

　　他們都慚愧地垂下頭，爸爸媽媽不知說什麼好。

　　小榮鼓起勇氣，懇求嫦娥把他變回原來的樣子，並提出為嫦娥工作補償過失。

　　嫦娥想了一想，説：「好吧，再給你們一個機會，不過你們要把工作做完，小榮才會回復原貌啊。」

　　他們的工作，就是要合力製成一個巨大的月光餅；在製作過程中，若他們每有任何爭吵，這餅將會缺少一塊，永遠無法製成的。

　　請大家猜一猜，結果小榮一家能否製成月光餅呢？

我們的故事寶箱

早會的音樂奏起，各班都齊集好了，大家今天心情特別輕鬆。麥校長曾預告說今天早會上將有特別的故事聽。聰聰一心以為校長會叫自己上台講故事，因聰聰剛在校際講故事比賽中取得優異獎呢。

這時，只見麥校長陪伴着一個陌生的人步入禮堂，那人外貌趣怪，他眼睛幼小得像一條線，皮膚黑實，頭上束着紅色的頭巾，最令人注目的是他手上拿着的大木箱，同學都好奇的想：「箱子裏藏了什麼東西？」

校長介紹那人名叫金子誠，是會說中文的日本人，今天會利用「紙芝居」給大家說故事。台下頓時竊竊私語，充滿期待，很多同學都未聽過「紙芝居」故事呢。金子先生指着自己的箱子說：「日本語芝居即戲劇，這就是利用卡紙的芝居舞台，裏面藏了很多用作說故事的圖卡和紙道具呢。」

箱子的門打開了，金子先生像把舞台的幕拉開一樣，隨即拉出並展現一幅具中國剪紙畫風的圖畫，他請大家來

猜猜將要講的故事是什麼。聰聰看到畫中有隻鳥，勇敢地舉手回答說：「一隻鳥的故事。」台下哄堂大笑，聰聰羞紅了臉。金子先生點點頭，說答案對了，而且是關於唱歌很動聽的鳥兒，他便娓娓說起著名的《夜鶯》故事來。金子先生配合故事情節，拉出一張張圖卡，吸引着同學的目光，他還用口哨吹出夜鶯的歌聲，營造故事氛圍，令同學投入故事，專注欣賞。

那個早會之後，聰聰和十幾個同學參加了學校特別舉辦的「紙芝居」製作活動，由金子導師教同學用硬卡紙創作紙芝居框架和圖卡、小道具、寫自己的故事，並要學習小組合作，操作紙芝居來講故事的技巧等。

聰聰、天行和志康三個是一組的。開始的一二堂，導師示範了很多好聽的故事，大家都很有興致參加，但因為製作「紙芝居」故事箱工序不簡單，漸漸志康便依賴其他組員去做。當天行構思故事內容時，志康則百無聊賴地坐在一旁玩筆；而聰聰繪畫好圖卡的畫稿，想志康幫忙剪貼及組合故事箱時，志康卻推說剪刀不夠鋒利，做了一會便溜去洗手間。

聰聰有點生氣，可不是嗎！大家應負責做好各自的部分，分工合作，才能順利完成的呀！「這是我們三人組的

故事箱，大家都要有貢獻才是，你只得三分鐘熱度，不可以這樣啊！」聰聰對志康說。

「結業禮那天，每組都要表演的呢，加把勁啊！」天行說。但志康的態度沒有改善。

聰聰和天行只好在活動後的時間也留下來，努力製作，也總算把紙芝居完成了。

「剩下來講故事的部分，明天的表演，你自己負責好了！」聰聰心裏很想教訓志康，便對志康說，「我們不理啦！」

志康撇撇嘴，神氣地說：「這個沒難度，你們把寫好的故事給我，就由我自己一個負責講好了。」

第二天，在最後一堂，紙芝居故事分享會開始了。每個小組都分別操作他們製作的故事箱和圖卡，繪形繪聲地講故事。有人講聖誕的故事，配合立體的雪景圖卡，很有聖誕氣氛。班長的一組講王子公主的故事，提着的公主紙偶身穿華麗閃爍的紗裙呢。各組的表現都好，合作得很流暢。

輪到聰聰的三人組別出場，只見志康一個，捧着有他身軀那樣大的紙芝居故事箱出場，他清清喉嚨對觀眾說：「我要講大象拔牙的故事。」接着，志康便看着手中的故

事紙讀出來：「胖河馬的牙醫診所免費替人拔牙，大象心想：不用花一分錢就能享受拔牙服務一次，確是大便宜……」

這時，忽然有人說「咦？故事開始時，不是要拉出故事圖卡的嗎？」志康被一言驚醒，立即放下手中的故事紙，動手拉出第一幅牙醫診所圖。

但又有同學批評說：「大象和胖河馬都沒有出場！」志康皺皺眉頭，又趕忙用右手拉出胖河馬紙偶，另一隻手則提着大象紙偶，但他卻忘記故事應怎樣說下去。

忽然，又有同學大叫：「奇怪，這大象已沒有象牙，去牙醫診所幹嗎？」

原來志康錯拿了拔牙後的大象紙偶。

志康感到很羞愧，拚命向聰聰他們打眼色，輕聲說「拜託！過來幫忙呀！我求求你們！」

聰聰和天行見志康實在撐不下去了，立即上前合力把故事講下去……「大象為自己免費拔掉象牙而沾沾自喜，而胖河馬則煩惱怎樣處理那隻大象牙……」

聰聰拉出最後一張圖時，先拉出一點點，讓同學猜哪隻動物會裝上象牙，接着他猛力一抽，令人驚奇地看：「牛大哥裝上象牙！」

　　總結時，金子導師讚賞聰聰那組加入互動猜測，與觀眾有交流，但鼓勵他們要更加緊密合作：「這是你們珍貴的故事寶箱，希望將來你們有機會提着故事箱，去日本給小朋友講故事呢。」

寄自綿羊國

　　我的弟弟小浩和他的亮表哥(即我的表弟)在同一年出生,二人的生日只相差一天,大概因為年歲一樣,一起成長,他倆自小做什麼也是一塊兒的。

　　在嬰孩時期,兩個娃娃一同被抱進母嬰健康院接受檢查,磅重、打針、做智能測驗。讀幼稚園時,他們進入同一間學校;後來,他們又入讀同一間小學,天天一起乘坐校巴上學。

　　很多時候,大人們自然地比較小浩和阿亮,誰長得較快,誰體重較重等;但有時大家都搞不清他倆誰是表哥,誰是表弟,因為年歲只差一天嘛。小浩長得胖白結實,而阿亮則輕巧精靈。從外表看來,我家的小浩倒像一個哥哥呢。其實,小浩也常常自稱「哥哥」,因嫲嫲説過小浩是家中的長男孫,可以叫作「哥哥」,那麼遲些媽媽便會生一個弟弟了。

　　不過,阿亮卻比小浩表弟先學會講話,而且很快便講得很流利。在學校裏,小浩常常看着阿亮做些什麼,自己

也就模仿跟着做。有時，同學搶去小浩的玩具，阿亮總會出手幫他搶回來，然後，兩表兄弟又爭着玩兒。

最近，阿亮和家人移民到綿羊的國度——紐西蘭去了，小浩要獨個兒上小學。有時在校巴上，頑皮的同學拉扯小浩的頭髮，痛得小浩哭了又哭。唉，要是阿亮在場，一定會挺身而出，幫手教訓頑皮的同學呢。

有一天，我問小浩可知道亮表哥往哪裏去了，他有點惘然地搖搖頭，不作聲。我問他是否掛念表哥，他卻反問我：「為什麼亮表哥不來我們家玩了？」

我給這小傻瓜氣壞了！我便明白告訴他，亮表哥到了很遠、有很多綿羊的國家。為了促使弟弟多學寫中文，我還提議小浩給表哥寫封信，但他推説不會寫，於是由我來寫，我讓他在信後簽個名——

親愛的阿亮：

昨天是小浩生日，我們舉行了一個生日會，小浩收到很多禮物，玩得很開心，他問：亮表哥怎麼不來玩啊？真傻！

我們的考試成績已經派發了，我的英文有 96 分，中文有 97 分，數學 90 分。小浩也不錯，都合格，但中文只有

55分。我們參加了游泳班，我學會蛙泳了，但小浩怎樣也
不肯把頭浸入水中……

　　信寄出不久，我們便收到阿亮的回信，信封硬邦邦的，
後面畫有小綿羊，寫着「寄自綿羊國」，拆開一看，封內
有一張光盤。媽媽把光盤插進電腦，讓大家一起看。

　　阿亮在一幢白屋子前面的草地上跑來跑去，笑嘻嘻地
對我們說：「這就是我的新屋喇，我叫爸爸在屋頂上插一
支旗，那我放學回家便不會迷路了，聰明吧？現在我們上
學都說英語，只有星期六才上中文課，我學會寫好多中文

字哩！」

　　鏡頭一轉，只見阿亮頭戴紅色的泳帽，套上泳鏡，準備跳進泳池。

　　我抓緊機會，大聲問小浩：「你猜亮表哥會把頭放進水裏嗎？」

　　小浩想也不想便答：「會！亮表哥戴了泳鏡嘛。」

　　果然，在錄影的畫面中，阿亮把頭探進水裏，手腳並用，一步步游到泳池的對岸。池邊的金髮教練還嘰嘰咕咕的，準是在指導阿亮的泳姿呢。最後，阿亮還摘下泳鏡，在鏡頭前做了個鬼臉。

　　媽媽和我看過阿亮的生活影片都很興奮，媽媽說阿亮「大個仔」啦。小浩卻喃喃地回應：「亮表哥戴了泳鏡嘛……」

　　之後的一天，媽媽和我們到泳池去游泳。泳池一側，媽媽忽然大叫起來：「小浩不用水袖，自己浮起來啦！」

　　只見小浩像隻小狗那樣，昂着頭，身體半浮在水面呢！

　　我笑吟吟遞上泳鏡，叫小浩戴上泳鏡探頭進水中試試看，小浩初時仍搖頭不肯，我說：「亮表哥也戴泳鏡呢！」於是，小浩鼓起勇氣，戴上泳鏡潛進水中。我和媽媽相視

而笑。

　　遠在綿羊國的阿亮，雖然和我們相隔遙遙萬里，卻仍是他小表弟努力學習的榜樣呢！願這一對表兄弟的感情，不會因分居兩地而疏遠啊！

幻想故事篇

菲菲的頭髮風波

(榮獲 1994 年中文文學創作獎兒童故事亞軍)

一般鬆毛狗的頭髮都是長長的，擺來擺去，十分得意。但菲菲這頭小鬆毛狗，只有嬌小的身軀，頭髮卻比誰都長和凌亂。有時候甚至把她的眼睛和臉兒都遮蓋着，但菲菲總是懶得梳理。

菲菲覺得每天梳理頭髮實在是件十分麻煩的事，她更討厭媽媽迫她洗頭和剪髮。每早醒來，她把小頭兒左右擺兩擺，便會匆匆溜到外面去玩，免得媽媽又嚕囌要她梳頭。但有一次，媽媽拿着梳子，尾追着她梳了一下，「嚓！」菲菲那蓬亂打結的頭髮給猛力梳斷了一撮，痛得她呱呱大喊，馬上奔到爸爸腳下撒嬌。

菲菲的爸爸小時候也是一頭烏毛亂鬆鬆的，所以便對媽媽説，菲菲還小，不用太過嚴厲，待她長大點，有機會時才慢慢教導吧。

於是，菲菲便擺着一頭草堆般的頭髮，大搖大擺地出去玩了。

可是，她和臘腸狗賽跑時，因為頭髮太長，未到半途，她已經被自己的頭髮絆倒了。

她向小黃狗打招呼，但小黃狗看不見菲菲的臉，以為只是有堆毛在風中擺動，沒有睬她。

菲菲獨個兒沒精打采地踱到小山上去，想看看有沒有伴兒跟她玩。但四周一片寧靜，陽光又很和暖，菲菲感到有點睏倦，不知不覺睡着了。

這時，一對小麻雀從山後面飛過來，看到菲菲那個毛茸茸的頭，便如獲至寶地齊聲說：「這正是我們築新巢的理想地啊！」

菲菲醒來的時候，發覺頭頂有點兒重，便將小頭左右擺了擺。忽然，一對麻雀飛到她面前，吱吱大叫：「不得了！原來我們的新巢築在小狗頭上啦！」

菲菲起初還不大明白，走回家時經過小山溪一望，才看見自己頭上多了一個雀巢。

她伸手想把雀巢撥下來，但因為有麻雀的唾涎黏着，加上又和她的頭髮互相連結纏繞，幾乎變得牽一髮，痛全身！

菲菲在路上碰見哈巴狗。哈巴狗便取笑她說：「這是最新潮的髮飾嗎？還是為了頂着草籃來搬行李呢？」

　　大狼狗更毫不客氣地把他收集而來的骨頭放在菲菲頭上的巢，要她運送到狼狗之家。

　　菲菲帶着一肚子氣回到家，見到媽媽便「哇」的哭起來。媽媽見她頭頂着雀巢，又可憐又可笑，馬上動手幫她把纏結着雀巢的頭髮剪斷；將雀巢丟棄後，又把過長的頭髮修剪好，然後催促菲菲好好地洗洗頭。

　　這樣剪剪洗洗，擾攘了半天，終於大功告成。媽媽讓菲菲照照鏡，才對她說：「你看！這樣清清爽爽，整整齊齊，多舒服！以後都應該常常梳剪頭髮才是啊！」

　　媽媽還想繼續說，但菲菲已急不及待跑去找她的朋友，想讓他們看看自己的新形象。

　　小黃狗和臘腸狗他們都到貴婦狗那兒去了。因為貴婦狗梳了一個新的蝴蝶髮型，請他們去欣賞。

　　菲菲趕到的時候，但見焦點都集中在貴婦狗身上，沒有誰發覺菲菲剪了新裝。

　　貴婦狗在發表演說：「我這個漂亮的髮型，要一整天才能梳好哩！所以你們眼看手勿動呀，因為弄亂了，不知可不可以梳回原先那麼美啊！」

　　菲菲見貴婦狗一頭鬈鬈曲曲的頭髮，重重疊疊打了粉紅色的小蝴蝶結，共有三十個，遠看好像一個花球，可愛

極了。貴婦狗顧盼自豪地笑着，接受各方的讚美，菲菲很羨慕她。

　　第二天，菲菲苦苦哀求媽媽幫她在頭髮上打蝴蝶結。媽媽有點不明白，為什麼菲菲忽然變得那樣愛打扮。但媽媽還是順應了她的要求，花了一整天，在菲菲頭上打了三十隻蝴蝶結。

　　小黃狗和臘腸狗都讚菲菲打扮得像個小公主。菲菲十分高興，所以她走路時不敢把頭搖來擺去，睡覺時又小心地伏着睡，千方百計要把這個漂亮的髮型保持不變。

　　過了差不多半個月，媽媽催促菲菲說：「是時候洗洗頭了……」

　　「不！」媽媽還沒有說完，菲菲已逃命似的跑了。心想，誰也別想動我漂亮的髮型。

　　菲菲又來到小山上，一隻蝴蝶好奇地在她頭上繞了一圈。菲菲便問蝴蝶：「你是在看我頭上的蝴蝶結嗎？你覺得漂亮嗎？」

　　蝴蝶答：「我只是奇怪為什麼有黑色的跳蚤在你頭上穿梭罷了。」

　　菲菲大吃一驚，馬上猛力搖頭，但見有幾隻頭蚤跌到她跟前。一見那蠕蠕而動的黑頭蚤，菲菲頓感頭癢得很，

慌慌張張趕回家找媽媽。

媽媽拿着大剪一揮，把她頭上的蝴蝶結都剪掉，然後用水沖走那些頭蚤，再慢慢把菲菲的頭髮梳整齊，她撫着菲菲的頭說：「這把寶貝頭髮的風波過去了，你也應得到教訓。記住，太蓬亂或過分打扮，都是走向極端，都是不好的。凡事但求適當哩！處理頭髮或處事，道理都一樣。」

菲菲眨眨眼睛，似懂非懂地望着媽媽，再望望鏡中的自己，清爽齊額的頭髮，感覺是從未有過的乾淨和舒服。

椰子太郎

　　四眼龜的姨姨從海南島回來，送他一頂椰子殼帽，四眼龜把帽子戴起來，覺得很有趣，還編了一個「椰子太郎」的故事呢……

　　從前，有一對老夫婦，結婚多年都沒有生育孩子。

　　有一天，老公公坐在椰子樹下，忽然，「咚」一聲，一個大大的椰子跌下來，老公公很高興，他心想：把這個大椰子帶回家，可以製成很多可口的椰子糕呢！

　　老公公費了好大的勁，才把椰子推回家裏，老公公一進門便大叫：「老婆，你看！我今天拾到一個大椰子，快切開來吃吧！」就在老公公剛拿起刀的時候，椰子自然裂開兩邊，從裏面跳出一個健康可愛的嬰兒，嬰兒還哇哇大叫，哭聲很洪亮。老婆婆說：「這是上天賜給我們的兒子，就叫他椰子太郎吧。」

　　在老夫婦的悉心撫養下，轉眼間椰子太郎便長大了，也變得越來越強壯。他最愛吃老婆婆自家製的椰子糕，每吃一塊，就長高多一點，肌肉又結實多一點。和村裏的小

朋友踢足球時，椰子太郎很勇猛，頭鎚功夫特別了得，一下子便把球兒頂進龍門去。

有一天，鄰近的小島跑來一些難民，他們説，小島正受海怪侵襲，牠非常兇猛，張開口噴出巨浪，很快就吞了人們的家園，大家只好逃離小島，如今變得無家可歸。椰子太郎很同情他們，堅決地説：「請讓我去把這海怪征服吧！」老夫婦見到椰子太郎這麼勇敢和樂於助人，便支持他的決定，老婆婆還給他準備了一盒八塊的椰子糕和一壺椰子水，讓他在路上果腹，加添力氣。

椰子太郎趕了七天路，吃了七塊椰子糕，終於來到了海邊，他懇求船夫載他渡海去打海怪，但船夫很驚慌，不

願意前往正受災害的小島，船夫還勸椰子太郎説：「海怪很厲害呀，這是很危險的，你不要去送死吧！」但椰子太郎堅決地説：「無論多困難，多危險，我都必須勇往前進！」椰子太郎請船夫吃最後一塊椰子糕，船夫也變得勇氣大了，於是他們揚起帆，向着目的地前進。過了沒多久，椰子太郎聽到海怪呼呼的叫聲：「誰敢來反抗我大海怪？」椰子太郎一口氣吞下整壺椰子水，增進了百倍的力氣，他的椰子頭也變巨大了，他一頭撞歪海怪的嘴巴，令他不能噴水作怪，海怪喲喲呼叫，痛苦求饒。

「你要發誓，從此不再危害百姓，否則我可不饒你！」椰子太郎説。海怪答應不再傷天害理，還把先前吞下的東西還給小島的老百姓。大家能重返家園，非常感激椰子太郎，並用椰子在島上豎立一個椰子太郎像，紀念他的英勇事跡。

作者補誌：

　　日本發生世紀大海嘯，這是以日本經典童話《桃太郎》作藍本新編寫成的故事，願現實中難民們都具椰子太郎的勇氣，努力抗災。

金城堡來了外星怪

傳說中位於泰多水河岸的一個山丘上，有一座漂亮的黃金城堡，本來這只是一座普通的城堡，但堡主豬爵士得到了一棵金葉樹，有一年秋天，它落下來的是金葉，豬爵士開心地躺在鋪滿金葉的園子裏，發一個個黃金夢。

豬爵士把家中每樣傢具、擺設，連馬桶都以黃金製造，他金子實在太多了，後來索性把城堡也鋪金。陽光燦爛的時候，城堡外觀閃閃生輝，華麗度可媲美很多富有國王的城堡呢。

也許因為這城堡太閃亮了，它的金光射到遠在天邊的外星怪眼裏。正在睡覺的外星怪一骨碌起來，循着那金光路線來到金城堡。

「真好！這兒鋪滿黃金，我可以大吃一頓了。」原來外星怪最愛吃金屬的東西。城堡的守衞見這個怪人戴着頭盔，四肢像給長了刺的鐵皮包着，來勢兇兇的，他們便立即動手關城門，但金造的城門實在太重了，守衞只關了一半的門，外星怪便趕到，一手把守衞捉住，大搖大擺地進

入城堡了。

「堡主！我想吃黃金，拿黃金來換回你的守衛吧。」外星怪用他的怪嗓門大叫。

外星怪把守衛捉得很緊，鐵皮手上的刺還弄得人很痛呢。「豬爵士，求你救救我！」守衛大聲向城樓那邊懇求。

站在城樓上的豬爵士心想：「不過是一個低微的守衛罷了，與我何關？我不一定要救他囉。」於是，豬爵士把身子一縮，詐作聽不見。

外星怪見堡主那邊沒反應，隨手又捉了路過的貴婦狗，叫道：「堡主，你趕快拿黃金來，否則他們都不會有好結果！」貴婦狗在外星怪的手中掙扎，汪汪喚叫主人。「豬爵士，他捉了你女兒心愛的寵物，怎麼辦！你有這麼多黃金，求你施捨好心救救我們！」守衛再次大聲請求。

豬爵士平日心裏只有黃金，根本沒留意女兒養了寵物，他想：為一隻畜生，不值得花掉我自己珍貴的黃金吧；正當豬爵士猶疑不決時，他的小豬女兒哭着走向廣場，想救她心愛的小狗。外星怪變得不耐煩了，一手抓住小豬女，咆哮說：「堡主！我現在先吃了她，然後再吃黃金！」

「爸爸，救我！」就在千鈞一髮之際，小豬女的哭號驚醒了豬爵士，最後他還是決定交出黃金，救回女兒、小

狗和守衞。外星怪吃了差不多大半個城堡的黃金，才施施然離去。豬爵士望着褪了金色的城堡，很是心痛，但再望望女兒臉上掛着的歡笑，還是慶幸自己做對了。

三隻小貓

貓媽媽有三隻小貓，大哥全身雪白，人們叫他小白；排行第二的毛色烏黑，脖子上一小撮白毛像禮服上的小花結，人人叫他小黑；最年幼的背上長了間黑間白的毛，像斑馬，媽媽便叫他小斑。

貓媽媽常督促小貓三兄弟要努力學習捕鼠。「這是貓的工作，我們一生也要做的。」貓媽媽很嚴肅地說。每次她捉老鼠時，都吩咐小貓們在旁觀察學習，要他們記住步驟和細節，譬如怎樣伺機而動，怎樣把老鼠制伏等。

小貓很聰明敏捷，很快便掌握了技術，而且開始實習呢。小白一出動便成功地捉了兩隻老鼠，可是他的白毛卻給鼠血染污了，他要慢慢才舔乾淨。小黑也捉了一隻小老鼠，笑着向媽媽報告。小斑本來也有機會，但他臨陣沒有跳撲出去，他疑惑地說：「為什麼我們世代要重複這樣的工作和生活呢？我不可以有自己的理想嗎？如成為出色的溜冰手。」

「小斑，你胡說些什麼呢？理想是很危險的。捕鼠工

作已預先安排好，安安穩穩的，別多想啦！」媽媽説。

但小斑內心並未平伏。他看到媽媽像機器般重複着埋伏、擒捕的程序，感到無聊。哥哥小白身上的血漬，又令他感到厭倦，他真不想依着媽媽的意思，平平凡凡地做一隻捕鼠的貓。他悄悄地問哥哥們：「如果可以選擇，你們希望做些什麼事呢？」

小白剛捉了老鼠，獲獎一大塊芝士，正吃得滋味，他想也不想便答：「我當然希望不用做工，也天天吃得好啦。」

小黑則抓抓頭頂的黑毛，聳聳肩説：「噢，不知道。」

小斑只好悶聲不響地伏在窗前，腦子裏反反覆覆地思考，怎樣突破生活的框框呢？

窗外下了初雪，在月影下亮晶晶的。那棵松樹的層層葉子蓋了白雪，驟看像小斑身上的黑白紋。樹後的星光仿如炯炯的眼神，給松樹加添智慧。

小斑受這美麗的景象吸引，不禁穿上溜冰鞋，輕輕滑行到松樹前。這時，他聽到一把低沉的聲音在訴説哲人的話：

我們來不及把夢抓住。

一個個的時辰，迅速地消逝了。

一生是那麼短促，

如果生命只是為了日復日的勞役，

那就無窮地長了。

兄弟，記住這一點歡欣鼓舞吧！

小斑雙腳彷彿受到鼓舞，開始飛快地在冰上滑行，完全不怕跌倒。然後又繞着松樹旋轉，甚至單腳自轉十數圈，儼如冰上飛舞的雪花。而小斑心中意念清晰如雪，那就是只管朝着自己的理想努力！

美麗的未來世界

　　世界博覽會即將在上海舉行了。四眼龜被選為學校代表，參加全城學生的「世博」問答大賽。這個星期，四眼龜十分勤力地閱讀有關的資料，甚至拜託內地的親友寄來一本《上海迎世博讀本》，越看得多，他越想贏這次比賽，因為勝出的同學，可以免費去上海參觀世博會呢。

　　比賽前夕，四眼龜又不停上網看最新的消息、圖片，直至深夜……

　　「嘟！嘟！你有新郵件。」四眼龜按一下收件匣。「噢！不會吧？」四眼龜驚訝得合不上嘴，是海寶＊寄來的電郵哪！上面寫着：「請你閉上眼，登上世博的快車，讓我帶你親身看看世博，感受未來世界的驚奇吧！」

　　四眼龜閉上眼睛，感覺自己踏上了快車，全速飛行，身旁傳來快速的風聲「嗖！嗖！」快車停定時，他睜開雙眼，原來已來到一個嶄新的世界。「這就是世博展示的未

＊海寶：海寶是 2010 年上海世博會的吉祥物。

來城市。」眼前迎來全身湛藍的朋友——海寶。

四眼龜跟隨海寶漫步其中，空氣瀰漫着自然的清香，令人心曠神怡，放眼望去，別致的未來建築坐落於一片美好的綠色園地，草兒花兒都寫滿了綠意。未來的環保城市，多麼美好啊！

咦？那些人好奇怪，一邊打電腦，一邊迎賓，而且，想也不用想，便能立即回答嘉賓的提問，真像充滿智慧的鐵人，原來是未來的機械人呢。

噢！未來的汽車，是海、陸、空多用途的呢，為了保護環境，汽車不再用汽油，科學家把廢料變成能源，汽車還有淨化排氣裝置，所以四周的空氣那麼清新。綠色世博，真是名不虛傳呢。

設計新穎獨特的建築物真多，令人目不暇給。看！全紅色的中國國家館倒金字塔的外形，像古代木建築的「斗拱」；海寶說，那代表「天下糧倉，富庶百姓」的意思。而四眼龜覺得它在亮燈後非常醒目，也給人超時空的想像。香港館名為「無限空間」，展現一個摩登的智能城市，一切都電腦化。「咔嚓！」四眼龜按下電腦攝影器前的按鈕，和海寶拍了一張合照，還選了香港的青馬大橋作為照片的背景；之後，輸入自己的電郵地址，便可把照片寄回

給自己呢。澳門館的建築外形像一隻兔子，這「玉兔」館內還有一條可直達地面的長滑梯，「呼！」四眼龜感覺好玩極了⋯⋯

「呼！」四眼龜揉揉惺忪的雙眼，咦？剛才所見的一切是真的嗎？

「嘟！嘟！你有新郵件。」四眼龜按一下收件匣，「噢！是海寶寄來的邀請卡呢。」

四眼龜心想，這不會是夢吧？希望這卡帶領我到那個未來世界去，因為一切太美了！

不謝的太陽花

最近，一些珍貴的名畫被送到城裏的藝術館展覽，於周末還特設親子進場優惠，於是，小豬和小兔都跟媽媽一起去參觀。進場前，大家都要把大手袋存放在接待處。

「這可是很名貴的手袋，你們要小心看管呀。」小豬的媽媽指着自己的手袋，特別緊張地説。

「麻煩你把我這布袋也放好啊。」小兔的媽媽輕聲説過後，大家便進場了。

接待處的寄存架上，還擺放了很多形形色色的手袋，它們一見到穿着名牌 GG 印花外衣的手袋來到，便羨慕地驚叫起來。

「GG 袋小姐，你這麼高貴，身上那些橙黃色的印花，還有金色的扣子，真漂亮！」有點褪色的壓花老皮袋凝神地注視着這位時尚的來客。

GG 袋愉快而自得地説：「嗯，我所到之處，都聽到大家讚美我領導潮流呢。」

「你的確是一個幸運兒！你令我想起自己以前，那時

我皮光潤澤，同樣受到頌讚，不過……」老皮袋欲言又止地搖搖頭。

「難道你有什麼不愉快的經歷？」另一個小書包忍不住插嘴問。

「唉！我以前的主人貪新忘舊，潮流過去，便把我拋棄了。」老皮袋深深歎一口氣，「幸好我現在的主人拾起我再利用呢。所以，聽我說，潮流或美麗的外表都不是恆久的，最重要的是遇上一個懂得愛惜我們的主人呢。」

「咦？你是從哪間工廠出來的呢？」這時，小書包奇怪地打量旁邊的布袋。「怎麼我未曾見過你身上的太陽花設計呢？」

「你身上的花也是機器印上去的嗎？」老皮袋問，「噢！我想起來了，聽說這次展覽的名畫中也有一幅太陽花呢。」

「我本來只是一個普通的帆布袋，小主人愛畫畫，又會動腦筋，在我身上繪畫了美麗的太陽花，送給她媽媽作環保袋。主人很倚重我呢，她走到哪兒，都會把我帶上。到市場去，我幫忙把肉和菜袋好；到圖書館去，我又幫她把借來的書袋好。」布袋說着，一副滿足的樣子。

「工作密麻麻的，你不怕變得殘舊而被遺棄嗎？」GG袋想，若嬌貴的身軀袋着肉和菜，一定很髒了。

布袋搖搖頭說：「如果我髒了，主人會把我洗得潔淨；即使身上的顏色褪了，小主人說她又會給我再繪畫美麗的花朵呢。我覺得自己可以永遠踏踏實實為主人服務。」

GG袋很羨慕這個敬業樂業的朋友，彷彿看見她身上的太陽花，閃着永不凋謝的光輝。

作者補誌：

一個精緻的 DIY 環保袋，觸動我們寫下這個故事，但願大家都珍惜和好好利用這些袋子。

沒有文字的國度

　　時鐘「嘀答嘀答」的敲着，文蠻托着腮，打了個呵欠。窗外漆黑一片，長夜漫漫。文蠻再次翻開手冊——錯不了，明天的第一節課：中文默書。

　　唉，文字真討厭，多一點少一撇的副副面孔一樣，很難辨認啊！況且，電視節目多姿多采，同學借給他的新款電子遊戲機又那麼吸引，哪有心思溫習功課呢？

　　結果，文蠻默書分數低，又連連罰抄，苦惱啊！文蠻盯着眼前的中文字，思緒飄到老遠……

　　「乖孫兒，幫我寄了這封信，好嗎？」一把沙啞的聲音傳進耳中——那，不是外婆嗎？

　　「外婆？你不是住在鄉下的嗎？」文蠻驚訝的問。

　　「婆婆知道你討厭讀書，專程帶你到一個可愛的地方去呀！」老人笑瞇瞇的說。

　　「可愛的地方？」

　　「那是一個沒有文字的地方，你一定喜歡的。」於是，婆孫倆握着信封，朝着流星閃過的方向飛去——

晃眼間，文蠻眼前一亮——咦，這是郵局嗎？沒有寫着「POST OFFICE」的指示牌，建築物門上卻掛了一個巨型信封作指示。

「有趣呀！」文蠻大叫起來。

「有趣的事物多着哩，你看街上——」經外婆一說，文蠻這才發現街道上、商店中全然沒有文字的蹤影，連數字也沒有哩！

馬路上全是令人摸不着頭腦的街名牌；那家掛着黑衣掃帚女巫圖像牌的，究竟是掃帚店、黑衣店，還是速遞店？文蠻給弄糊塗了。

「有趣吧？」外婆笑嘻嘻地說：「這兒誰也不曉得文字，沒有書本和報紙，計程車也不計程，公共汽車沒有路線指示……」

「那……人們怎樣認路回家啊？」在這個沒有文字的地方，每條街道看似一樣，那個掛着一片菜葉似的路牌，也不知是西洋菜街、通菜街，還是楓葉街——傻啊！

外婆又說：「這裏的人每天都忙着認路上班、認路回家，你說是不是比玩電腦遊戲還要費神、還要刺激？」

文蠻漲紅了臉，他忽然想起明天的默書，急忙看看手錶——咦，怎麼手錶不見了？

「這兒哪有什麼腕錶啊？漏斗計時器倒有……」文蠻嚇得拉着外婆往回路走——

列車月台上，沒完沒了的廣播不停地鑽進文蠻的耳中——

「前往三家村的乘客，請到紅色月台上車；前往七孔橋往藍色月台……買票前往孖子路請用藍色紙幣，到四方里用綠色紙幣……」

文蠻掩着耳朵，他想起老師在班上談到盲聾女作家海倫．凱勒的故事時，説過的一段話：

知識是光，文字使海倫．凱勒感到生命的意義，文字使她「重見光明」……

沒有文字的世界，文蠻真的待不下去了。文蠻告訴自己，這是夢，是個噩夢，他要衝出去、衝出去——

水晶匙扣

新年到了，小豬家附近的球場架起五彩帳篷，正舉行新年賣物會呢。賣物會有很多攤位，賣各式各樣的東西，玩具啦、飾物啦、小擺設啦、日用品啦。小豬和媽媽經過時，都忍不住走去逛逛。

「哎！原來你也是檔主，要當值賣貨，那自己不是沒空去看東西和買東西啦？」豬媽媽遇到鄰居牛太太在販賣，驚訝地説。牛太太正忙得滿頭大汗，她訴苦説自己仍未吃午飯呢。

豬媽媽便向牛太太建議由她女兒小豬幫忙看管一會，那牛太太就可以抽身去逛一逛。

牛太太搖搖頭，説自己要親力親為才行。小豬從未試過管理一個攤檔，很想試試，便拍拍心口對牛太太説：「由我來幫忙看管，沒問題的。牛姨姨你不逛街，也要小休一會，吃點東西呀！」牛太太見人羣散去了，終於笑着點點頭，她先向小豬交代一下如何計算、收錢及一些注意事項等，她還叮囑小豬要打醒精神，看緊一些。小豬心想，小

攤檔，小買賣，很容易做的。之後，牛太太便和豬媽媽走到附近吃東西。

小豬獨佔整個攤檔了，她感到很得意。她細心看看牛姨姨這兒賣的東西，每件都很特別，聽說這些都是牛姨姨親手造的水晶飾物，每一件都很精緻，很漂亮。最吸引小豬的就是擺在中央的水晶珠匙扣，小豬造型可愛，面頰是粉紅色的，兩隻耳朵特別用銀色水晶珠串製而成，在陽光下閃閃生輝，小豬不禁把那匙扣拿到自己手中把玩，又試試把它扣在書包的拉鏈，真美麗啊！小豬瞄一瞄價錢，不算貴：「好，我現在是老闆，送自己一個匙扣！」

正當小豬一副心神都停留在那水晶珠匙扣時，牛太太的攤檔來了很多顧客，他們擠在一起，左選右看，卻未見有人付錢買東西。這時，牛太太一個人吃完東西回來了，她說豬媽媽要上廁所，請小豬等一下，順便請她報告一下剛才的售賣情況。

小豬吞吞吐吐說：「剛才……人很多，忙得頭昏呢！」

牛太太問售出什麼東西，收了多少錢，小豬啞口無言。

牛太太環顧自己攤檔的貨品，心算一計，忽然大叫：「糟糕，我兩個心愛的匙扣不見了！」

「是不是剛才人多混亂時，錯放位置，或者有小偷？」

豬媽媽回來了，一邊幫忙尋找，一邊猜測説。「小豬！你怎樣看守的呢！打瞌睡？沒注意有小偷嗎？」豬媽媽有點生氣地問她女兒。

小豬又吞吞吐吐説：「我……我，只少了兩個，不太要緊吧！」

忽然，豬媽媽見到小豬的書包掛着一個水晶匙扣……

豬媽媽真生氣了。「你……你應承看檔，為什麼沒做好，自己卻拿了姨姨的匙扣，不問自取！」

小豬急急回答説，她只是借來掛在書包上看看，打算一會兒便放回去的。説罷，小豬立即把匙扣還給牛姨姨。

牛姨姨拍拍小豬的肩膊，沒説什麼；但小豬寧願她説話教訓自己：要守承諾，不要自以為小事便掉以輕心。現在，連累牛姨姨失了 DIY 精品，希望能得到她的原諒吧！

小龜的話

家亮是一個聰明活潑，卻又頑皮搗蛋的小男孩。他覺得一個人太無聊了，故常把玩具當作人，一會兒扮警匪來一場槍戰，一會兒扮小販或顧客，一會兒則弄成交通大混亂，把玩具撒得一地，累得媽媽執拾個沒完沒了。

這天天色陰沉，下着毛毛雨。屋裏的牆壁和木板地都潮濕得很，還滲着水氣呢。雖說是假日，爸爸不用上班，但憫憫的天氣使人不想外出，家亮想拉爸爸起牀也不成功。

家亮只好獨個兒看卡通片。看了一個多小時，實在太悶了，他再也耐不住了，就用喇叭「砵」、「砵」的叫醒爸爸。他嚷着：「我要去遊樂場！」

爸爸給吵醒了，只好起來洗臉刷牙。他咧着塗滿牙膏的大口，應一句：「改天吧！」

家亮生氣的不停叫嚷：「我要去遊樂場！去遊樂場！要去遊樂場……」

爸爸漱洗完畢，坐下看報紙，說：「吵夠了，安靜！」

家亮頑皮的腦袋忽然有了主意，他走去拿一把剪刀，

再走到爸爸那攤開的大報紙跟前,「咔嚓咔嚓」的把報紙剪破了。爸爸眼見報紙一片一片的,真光火啦,「沒有別的好玩麼?不要再淘氣,拿手來!」然後用力的在家亮的小胖手心上,「噼啪噼啪」的打了幾下。

家亮紅着眼,像噴射機亮燈起航一樣,飛遠了。他飛到「小孩禁地」——廚房去。

「媽!」家亮向正在扭着地拖的媽媽大叫:「我好悶呀!為什麼你不生一個弟弟給我玩?爸爸和你都不陪我玩!」

媽媽剛拖好的地板,還沒乾,又給家亮骯髒的腳弄得花斑斑的,那些黑漬很難看。

媽媽連珠炮發地急叫着:「出去出去!你的拖鞋呢?叫我生弟弟?你連小烏龜也養不好呢。多少天沒有餵龜糧呀?快走快走!」

「喂,你不生弟弟就生妹妹啦!如果你不答應,我就打你。」家亮握着小拳頭,想向媽媽進攻似的。可是,媽媽胖胖的身體像座小山,她一雙手又在腰上,生氣的吆喝一聲:「立刻離開廚房,小孩不准進來的!又忘了?」

「討厭,討厭。好討厭的媽媽!」家亮嘀咕着,爸媽都不理他。家亮鼓着腮揮動雙腳,在睡房內這兒亂踢、那

兒亂踢，把養巴西龜的小盆也踢倒了，小龜翻轉了，水流滿一地。

「踢我麼？我咬你！」家亮正奇怪誰在說話的時候，忽然他的小腳板不知給什麼咬痛了。

「哎唷！」家亮本能的彈跳起來，才發覺咬他的是那隻小龜！牠看來長大了許多！

「你……你為什麼會講話的？為什麼要咬我？」家亮怯怯的問。他覺得小龜這刻看起來，有點像忍者龜。

155

「哼！誰都會講話啦，不過你待我不好，天天不替我換水，又不餵東西給我吃，我快餓壞啦，又怎會和你談話？剛才你還踢我，我當然要咬你啦！正是以牙還牙，怕不怕！」

家亮的眼睛眨也不眨，簡直聽得發呆了。他抱歉地説：「對不起呀，我……」

「算了吧，我很有器量的。」小龜説：「幸好你媽媽時常記得照顧我，我才日漸長大！其實，你大個仔了，不應該隨意亂發脾氣，要學會自己照顧自己才是啊。別説執拾玩具了，單是還要人餵飯，已笑話哩！」

家亮真尷尬呢，連這些事也逃不過小龜的眼睛，他低下頭説：「我想有個弟弟或妹妹陪我玩呢！若有人和我比賽一下，我寫字和吃飯都會很快的！執玩具也是！」

「哼！」小龜又説：「除非你曉得照顧自己，否則，多生個『啤啤』，你媽媽豈不忙透？多幫媽媽忙，連『啤啤』也可以替她照顧，那麼她一定肯多生一個伴兒給你！」

「唔！」家亮明白了，他決定不再任性頑皮。他小心翼翼的把小龜重新放回盆子裏，又為牠添上新鮮水和食物。接着，他執拾自己的玩具；更了不起的是，執妥玩具後，他把昨天未做的功課拿出來，正正經經的寫起字來。

爸爸看在眼裏，對媽媽說：「家亮真的長大了，你添個『啤啤』給他做伴好嗎？」

家亮的「千里耳」一聽，回頭望着媽媽，她微笑着點點頭，家亮真快活啊！

失蹤的鳥羣

　　小麻雀「唧」的一聲飛掠過晴碧無雲的天空。遠處廣場上有個小孩，手拿着一隻鳥形的東西，借助秋風的力量，那隻鳥也飛到天上來了。

　　小麻雀認得那東西叫風箏，是用紙糊成的，在風中搖曳時，恍似真的鳥兒；有一次，小麻雀碰到一隻像麻鷹的風箏，還差點給嚇着呢。

　　到了秋天，這一帶有特別多形形式式不同種類的鳥來訪。小麻雀喜愛結交朋友，遇到新來的鳥兒，便會飛過去搭訕了。

　　這時，在碧藍的天空上，有一羣鸕鶿的隊伍，整齊地排成一個「人」字，隨着前頭的鸕鶿領隊向前飛着。小麻雀覺得牠們的隊形有趣極了，便跟在鸕鶿隊伍後面，向排最尾的小鸕鶿說：「喂，你們在練習什麼飛行舞步呢？」

　　小鸕鶿用眼瞪着小麻雀，示意牠不要吵。小麻雀想：這隊鸕鶿真像一隊兵在操練，紀律嚴格，而且排列整齊。

　　傍晚時份，小麻雀意外地在河旁的草叢和蘆葦間再遇

到這羣鸕鷀，牠們有些在潛水捕魚，有些在休息談天，最小的鸕鷀則在水中游泳，嘎嘎地歡唱。

「喂，你好！現在不用操練，自自由由的，不是挺好嗎？」小麻雀對小鸕鷀說。

小鸕鷀點點頭說：「這兒比較暖和，又有很多食物，我也很喜歡。」

「但小心不要成為鱷魚的食物啊！」青蛙媽媽從草叢裏跳出來，又開始唱歌：

牠有個長長大大的嘴巴，

吃東西時唏巴唏巴，

牠滿口利刀似的尖牙，

愛吃小鸕鷀又吃小青蛙，

身上披着綠色大皮革，

身後有條霍霍響的長尾巴，

呱呱呱……

聽說這帶平靜的河流來了一條小鱷魚，行蹤飄忽。水鴨最先發現鱷魚時，牠在河邊的泥地上曬太陽，後來，青蛙又見到小鱷魚在深水處暢泳。於是，大家都提高了警覺，

還特別邀請小貓頭鷹在晚上幫忙注視有何動靜。

小貓頭鷹擁有明亮的大眼睛和聰明的頭腦，他和青蛙媽媽是好朋友，自然一口答應，反正小貓頭鷹最擅長在黑夜裏觀察。

今夜，特別明亮的圓月升起來了，微涼的風兒吹過，大片蘆葦擺動起來，像翻舞的海浪，響起沙沙的聲音，偶爾也傳來幾聲啞啞的烏鴉鳴叫，但除此之外，似乎什麼事情也沒有發生……

將近天亮時，小貓頭鷹明亮的瞳孔漸漸縮小了，他仰起頭望望發亮的天空，想好好地睡一覺。

「小貓頭鷹，請幫忙偵察一下啊！」但過了一會，小麻雀的叫聲把小貓頭鷹吵醒了。

「鸕鶿整個隊伍都失蹤了，會不會有什麼不幸的事情發生了呢？」小麻雀惶恐地叫着。

小貓頭鷹立即在四周盤旋搜索一遍，只見蘆葦在風中輕輕搖曳着，卻不見了鸕鶿的影蹤。

小貓頭鷹再檢視一下河裏，找不到血跡，也沒有脫落的羽毛，便相信鸕鶿羣並非遇到不幸，還對小麻雀説：「別擔心，我一定想法子找到鸕鶿牠們。」

説罷，小貓頭鷹便騰身飛起，平展着一雙翅膀，以最

快的速度向着南方飛去。

在小貓頭鷹飛掠過的地方，秋天的田野翻起金閃閃的波浪，好看極了，但小貓頭鷹沒有停下來欣賞，只一直向前尋找「人」字形的鸕鶿蹤影。

不久，小貓頭鷹聽到一陣陣嘎嘎的叫聲，那是鸕鶿羣發出來的呀！小貓頭鷹再用力展翅向前，終於趕上領隊鸕鶿的步伐了。

「你們這麼快離開，要到哪裏呢？」小貓頭鷹問。

鸕鶿領隊禮貌地說：「謝謝昨夜的幫忙，我們只是想飛到更遠的水邊找食物，這一帶又溫暖又適合過冬，我們怎捨得離開呢？」

鸕鶿羣的其他隊員也發出嘎嘎聲，向小貓頭鷹暫時說再見，他目送着鸕鶿羣一直飛遠、飛遠。

兔仙子的電子錢卡

　　兔仙子有一雙美麗的翅膀，和一顆善良的心，每當小朋友有困難時，兔仙子就會默默地守護他們，幫助他們。

　　這一天，是小藍兔的生日，但她父母沒有說什麼安排，似乎忘記這大事呢。小藍兔很不開心，兔仙子就特別出現在小藍兔面前。

　　「我代表仙子族來給你獻上最真摯的祝福。」兔仙子在小藍兔的額上吻了一下。

　　小藍兔擦擦自己的額頭，不滿意地問：「就這樣算了嗎？沒有其他？」小藍兔一臉失望的樣子。

　　兔仙子便請小藍兔說說自己的願望。小藍兔竟然說，希望在生日的一天，有很多錢讓她自己自由使用。

　　兔仙子笑一笑，隨即變出一些銅錢。小藍兔搖搖頭說：「現代社會已不用這些古錢囉。」

　　兔仙子又變出一些紙幣，小藍兔看一看，扁着嘴說：「這些紫色的十圓紙幣，只可以吃一個簡單的早餐吧。」

　　兔仙子感到有點為難，這時，仙子銀行派速遞鳥送來

一張最新的電子錢卡，兔仙子正想看看它附上的信件和説明時，小藍兔一手取去電子錢卡，歡喜地大嚷：「真好！謝謝囉！這卡最方便，我可以隨意買玩具和吃大餐啦。」

小藍兔馬上約大耳猴和小紅豬去歡樂遊園大玩一番，「我有電子錢卡，我們玩最貴的遊戲，我請客！」小藍兔豪氣地説。

他們三個玩得累了，就去綠寶石高級餐室吃大餐，小紅豬一邊吃一邊看看自己的錢包，擔心有沒有足夠的金錢付款。

「呵呵！你隨便吃，我請客好了！我夠大方吧。」小藍兔揚揚手中的電子錢卡，笑嘻嘻説。

小紅豬疑惑地問：「這是預付了的電子錢卡嗎？還是記帳的信用卡？」

小藍兔抓抓頭，説：「不理它了，總之我生日想隨意花費，喜歡怎樣便怎樣！」

一行三人吃飽了，又去大商場購物，小藍兔看見櫥窗中美麗的衣服、新款的遊戲機、球鞋……全部都要買。

大耳猴見小藍兔像「購物狂」般雙眼發光，看到什麼都衝動地要買，便對她説：「你買了太多東西，不如先考慮清楚，比較一下價錢才決定，好嗎？」

這時，仙子銀行的速遞鳥又來了，牠遞上一張帳單説：「報告，小藍兔小姐同一天內花費這麼多，請結帳付款！」

小藍兔一聽，幾乎昏了。「怎麼辦啊？」小藍兔終於知道自己胡亂用錢，闖了禍。

兔仙子趕來了，小藍兔立即交還電子錢卡，大耳猴和小紅豬也齊齊懇求兔仙子幫忙解決。

兔仙子把還原魔法施展到小藍兔身上，使她剛買的東西都還原退回商店，但他們在歡樂遊園和餐室用了的錢，只好從他們的儲蓄錢箱中扣除了。

小藍兔捧着那變輕了的儲蓄錢箱，下決心不再任性了。

新班長選舉

新學期開始了，為了配合今年全城的選舉熱潮，小藍兔的一班也舉行新班長選舉。小藍兔、小紅豬和四眼龜都報名參加。老師說，班長候選者要在第二天的選舉會上台演講，以爭取大家對自己的支持。

小藍兔知道要站到台上，一定要打扮得漂漂亮亮的，令人留下好印象，便特別準備了閃亮的髮夾，戴在頭上，吸引同學注意。

小紅豬想：「我一定要背誦好演講辭，憑口才取得同學的支持。」於是，她請爸爸媽媽扮觀眾，認真練習演說，但豬媽媽見女兒一本正經的樣子，忍不住「噗嗤」的笑了，小紅豬受到干擾，無法流暢地背誦下去。

至於四眼龜，他預先訪問了高一班的班長，了解班長的任務，下決心要好好參考和努力實行。

第二天，新班長選舉會舉行了。

老師在壁報板上張貼了候選者的照片和介紹，同學們都好奇地圍着觀看。大耳猴讚賞說，小藍兔最上鏡，她的

照片最漂亮。但有同學回應説，選班長不是要選漂亮的，有沒有能力才最重要。

小息時，小紅豬躲在一角，繼續背誦她的演講辭，希望能背得滾瓜爛熟。但這時候，小紅豬突然聽到有經過的同學説，四眼龜向同學們大派他暑假旅行時買回來的手信食物。小紅豬想：哼！難道他為了爭取大家投自己一票，而收買人心？

演講論壇正式開始了。

小藍兔踏着輕盈的步伐上台，樣子很優雅吸引，她左右顧盼時，頭上的髮夾閃閃生輝，大家都説小藍兔像小公主，但似乎不適合當班長。

小紅豬一站到演講台上，便急不及待把背熟了的演講辭説出來，但因為她只管投入背誦，眼睛都沒望向觀眾，而且越講越快。終於，小紅豬順利講完了，有同學問小紅豬如果她做了班長，會怎樣改善課室的環境。小紅豬抓抓頭，一時不知怎樣回答，因為她的演辭中沒有提這一點呢。

輪到四眼龜了，他認真地向大家説，他會怎樣努力做一個好榜樣，協助老師和同學，維持課室的秩序、整潔……令大家有良好的學習環境。

同學們聽了都點點頭，大都決定支持四眼龜當班長。

投票結果公布了，老師説：「四眼龜的票數最多，由四眼龜當選做新學期的班長……」老師話未説完，小紅豬卻突然站起來説：「哼！不公平！有同學吃了四眼龜的手信食物才選他吧。」

老師訓示大家説，競選要公平，要憑實力，若企圖以不當手法取勝，那是要不得的行為。四眼龜向來愛與同學分享食物，只是這次選的時間不對，令人容易產生誤會而已。

很多同學亦都保證選四眼龜不是因為享用了他的食物，而是因為他真有才能。

小紅豬又尷尬又失望地低下頭。

四眼龜多謝大家的支持，並建議由小紅豬擔任副班長，大家都拍手贊成。

小紅豬笑着説：「謝謝大家，我以後會和四眼龜好好合作，做好班長的任務。」

珍貴的謝禮

大耳猴平日空閒時，最愛睡睡懶覺、玩玩遊戲機，或者找機會搗蛋一下，今天聽了幫助人有好報的故事後，便想做做好事。

小白兔要整理小花園，大耳猴自告奮勇去幫忙，把大盆小盆的植物搬來搬去，弄得滿頭大汗。大耳猴對小白兔說：「哎！這麼重的花盆，我都不省力，幫你搬來了，你一定要謝謝我啦！」

小白兔咪咪嘴笑着說：「當然啦！」她把花圍中央的一盆荷蘭紅花拿出來，「你看這紅花，花瓣大得像個小孩的笑臉，開得多燦爛！就把它送給你吧。」

大耳猴捧着那盆大紅花回家時，心想：這盆沉甸甸的，很重，但只不過是一盆植物，一點也不貴重啊！一大早流一身汗，只換來這紅花。小白兔真小器。

中午的時候，小紅豬打電話來說她正在包餃子，急着要多一個幫手。大耳猴這次聽到有吃的，又自告奮勇去幫忙。

　　大耳猴對小紅豬説：「嗯！我包餃子的技術了得吧，你該怎樣多謝我呢？」

　　大耳猴一心以為有餃子吃，但小紅豬説餃子是送給外婆的，「我送你一件珍貴的禮物。」小紅豬拿出一個小茶壺，對大耳猴説：「這茶壺，我一直捨不得用，現在就送給你吧。」

　　大耳猴拿着小茶壺回家時，心想：哼！這瓦片造的東西算是珍貴的禮物嗎？小紅豬對好友真不夠大方呀！

　　黃昏時，大耳猴正想看電視，熊貓哥哥急急來找他幫

忙收拾書架，因為他的書實在堆積如山。大耳猴幫忙把書本分類，整整齊齊放在書架上。大耳猴洋洋自得地説：「執拾書架真不易，但你看，現在多整齊！我想，你應該重重地多謝我才是啊！」

熊貓哥哥點頭稱是，隨即拿出一本厚厚的圖書，説：「這可是我最喜歡的一本書，我就把它送給你。」

媽媽見大耳猴進進出出忙了一整天，關心地問他。大耳猴把事情向媽媽説了，扁着嘴説：「哎！真是好心沒好報，個個都沒好好多謝我。熊貓哥哥最不夠朋友囉。」

媽媽説若真心幫助人，不應期求有什麼回報的。媽媽看到大耳猴捧回家的禮物後，讚賞地説：「朋友們都已送了珍貴的禮物給你啦。」

大耳猴感到莫名真妙，那些不值錢的東西，怎算珍貴呢？

第二天，大耳猴負責的專題研習要找資料，那本厚厚的圖書即時派上用場，大耳猴找到很多合用的資料，不過，為了趕快完成專題研習的功課，大耳猴要提起精神，媽媽便用小茶壺給他沖了茶，大耳猴呷一口茶，抬頭又聞到窗前那盆紅花飄來的清香，頓時倦意全消，心裏暗暗高興：原來這些禮物真不賴啊！

變成桐花的少女

相傳古時有一戶普通人家，育有一個女兒叫美姬，長得美若天仙，那一雙眼睛，像閃亮的寶石，那白嫩的膚色像雪花一樣，簡直像女神落到凡間似的，所以大家看到她的美貌，都不住的讚歎。

美姬從小就喜愛跳舞，她舞姿輕盈，美妙的旋轉更出神入化，令人看得出神，因此引來許多年輕小伙子的愛慕，希望能娶到她。據說天神的兒子也對她讚美一番，表示景仰。

女神維納斯知道了，覺得很不服氣，心想：「以我的美貌，怎會比不上這個凡間少女呢？」於是，她暗中走到凡間，想親自和美姬較量一下。

維納斯打扮成一個漂亮的公主，來到美姬常去的廣場，很多走過的青年，都對維納斯公主駐足讚賞一番。維納斯本來感到很得意，但不久，廣場另一邊便傳來一片掌聲，原來美姬正好在廣場上跳起舞來，而且把所有目光都吸引過去。

維納斯心中的妒火升起，拾起一些石子拋向美姬，想砸她的腳，要她停止跳舞。但美姬即使受傷了，仍堅持繼續跳舞，她扭一扭身軀，開始做出美妙的旋轉，而且那速度是那麼快，遠看就像一朵在空中飛舞的花，看得人眼花繚亂。

可是，當美姬慢慢停下來時，卻忽然倒在地上奄奄一息，原來她的雙腿一直在淌血；圍觀的人中，有一個傾慕美姬的青年，立即上前抱着她，又傷心又憐惜地説：「即使你死了，我們永遠懷念你。」

後來，就在美姬死去的地方，開出了一種花，雪白的花瓣，十分清麗，名叫桐花。每年五月，就開得漫山遍野，清風吹過，朵朵桐花隨風飛舞，教人想起這個愛跳舞的少女。

筷子家族

　　電視正播放着一段推廣新白米的廣告,畫面出現擬人化的卡通式筷子,一雙雙夾起新鮮出爐的米飯,因感到美味,一對對筷子便歡樂地跳起舞來⋯⋯

　　這時,桌上一雙刻有「健康」和「富貴」字樣的象牙筷子忍不住說話了。「唉,前天小主人買新筷子時,沒有選我們象牙筷子家族的成員呀!」

　　「是呀!小主人一見到我便很鍾情於我。」一雙印有小豬嘜卡通的粉紅膠筷子回應說。「恕我直言,你們的款式也老套了,年輕人喜歡多顏色新花款的呀!」

　　桌上一個湯匙搭訕說:「不過,你的塑膠料子會破壞大自然,人們若大量出產膠筷子,對環保有影響呢!」

　　粉紅膠筷子想起「環保」人士對他們家族的指責,一時語塞。「健康」和「富貴」筷子想到「環保」人士也反對他們象牙一族,因為要獵殺大象,才能製造象牙筷子,想到這點,「健康」和「富貴」筷子也不禁歎息起來:「我們向來十分矜貴的,人們讚我們耐用,現在卻嫌棄我們

173

了！」

這時，主人忽然把一批軟木筷子放到桌上來。

「嘻嘻！你們好，我們初到貴境，請多多指教！」十雙木筷子齊聲說。

「嘩！好大陣仗，你們是不是有重要任務？」粉紅膠筷子羨慕地說。一大隊木筷子可以跟着電視跳筷子舞了。

「你們家族最近很受歡迎呢。」象牙筷子想起上星期天主人舉行燒烤會，已出動了一大批軟木筷子，那天象牙筷子都不派用場呢。

「謝謝誇獎了，聽說主人今晚招待朋友吃飯，所以出動我們，只因為我們便宜方便吧。」最前面的木筷子還未說完，便感到身體一下疼痛。

「噼啪！」原來主人和朋友們開始用餐了，有人用力把原本黏合的木筷子掰開，但用力不均，左右筷子頭一根大一根小……那人隨手把那雙木筷子丟進垃圾籮。「哎呀！我還未沾過美味的飯餸啊！」那雙木筷子大叫，也改變不了被丟棄的命運。「噼啪！」又一雙雙木筷子被掰開使用了……

那天晚飯後，其餘九雙被用過的木筷子，結果都躺進垃圾桶了。「我們都盡力完成任務，都沒做錯，為何落得

這下場呢？」

　　湯匙搖搖頭説：「木筷子真慘，人們説製造它要耗費樹木，但又貪方便常用木筷子，用完即棄，人們口頭説着環保，卻沒有真正實行，唉！」

通往五羊城的火車

南方的五羊城建起了壯麗的體育館，將快舉行大型的運動會呢。

「嗚……嗚……」一列火車響起長長的笛聲，正要出發開往五羊城。這列特別的火車，身上粉飾得很漂亮，第一卡車印有五個奧林匹克彩環圖案，第二至六卡車又分別繪有充滿活力的五個可愛吉祥物「祥和如意樂羊羊」，這五隻小羊好像向大家招手，呼喚大家趕快登上火車。

大耳猴第一個迎上來，他穿着紅色的運動服，躍躍欲試，很想在這次運動會上一展身手。但火車把門關上，因

為先要交車票才可以上車呢。這列特別的火車要收的車票不是一般的，每個乘客都可以動腦筋，送上自己構思或製作的東西，只要這列特別的火車覺得滿意，便讓你上車。

大耳猴身上沒有帶錢；他想了想，之後便擦擦掌，高高躍起，一連打了五個筋斗。火車拉響汽笛歡呼起來：「好！動感和活力，正是運動會需要的。」

車門打開了，大耳猴蹦蹦跳跳上了車。

這時，小豬從遠處向着火車走過來。小豬遞上掛在胸前的照相機，還向火車展示她拍攝的一張張歡笑臉。「我會繼續用鏡頭捕捉參加者的笑臉啊。」小豬說。火車微笑點點頭，讓她上車。

下一個趕來的是小白兔，她送上一大籃蘿蔔，那是她自己種的蘿蔔，而且是剛拔出來最新鮮的蘿蔔。「我希望

運動員吃了它，都像這些蘿蔔一樣朝氣勃勃。」

火車發出快樂的響聲，歡迎小白兔上車。

熊貓哥哥帶着他寫的新書也到來了。這本書記載了五羊城的新建設和新面貌，內容十分豐富。火車覺得很滿意，熊貓哥哥便大踏步上了車。

「嗚⋯⋯嗚⋯⋯」火車把門全關上，即將要開動了。

噢，還有最後一個——遠遠地，四眼龜正流着汗，使勁地向這邊跑過來。

「對不起⋯⋯我已經盡力跑，還可以上車嗎？」四眼龜說完，淋漓汗水使他的眼鏡也模糊了。

火車感動地自言自語：「我們永遠歡迎努力奮進的朋友。」它打開門，招手請四眼龜上車，還給他一塊小方巾，讓他擦擦汗水，舒服地坐好，才正式啟動出發。

小朋友，你想這列火車帶你踏上美妙的運動之旅嗎？預備你那特別的車票吧！

蟠桃仙果

　　相傳天上的王母有一個蟠桃園，種了珍貴的蟠桃樹，三千年才開一次花、三千年結一次果，蟠桃收成的時候，王母會舉行瑤池盛會，指派貼身的仙女親手採摘蟠桃，隆而重之的賜給羣仙享用。

　　有一次，王母保留了三個蟠桃，特別款待人間三個幸運兒。這些有幸嘗到仙果的人，包括賢能的帝王及別具才

德之士。

這一年，快到蟠桃收成的時候，仙女雙雙發現有三個蟠桃變得特別大和紅潤，蟠桃上還分別有「孝心」、「信心」和「愛心」的字，仙女雙雙立即稟告王母。

王母覺得這是天意有所暗示，便命仙女雙雙下凡到人間，把那三個蟠桃分別送給最合符這孝心、信心和愛心之意義的人。

仙女雙雙到了凡間，首先路過法院，但見一些大家族的子女為爭家產錢財與父輩或母輩在法庭上對峙，寧死不輸。仙女雙雙搖搖頭想：「難道要找有孝心的人這麼難？」之後，她去了一所醫院，剛好有一對母女接受完肝移植手術，是那個母親把自己半個肝移送給患病的女兒啊，仙女雙雙決定把「孝心」蟠桃送給她們吃。只見那女兒擁着她媽媽，不捨得吃蟠桃，推讓說要全部留給媽媽吃，仙女相信她會永遠感謝親恩，好好孝順她的媽媽。

之後，仙女雙雙來到一個運動場，這兒正舉行國際兒童田徑賽，有個叫華偉的男孩走路一拐一拐的，他躲在一角，看着各運動健兒在賽道上飛奔，他目光充滿羨慕，但撫摸一下自己雙腳，想起這個使他傷心的弱點，他就感到自卑。仙女雙雙把「信心」蟠桃送給他說：「要對自己有

信心，你一樣可以跑得很快啊。」那男孩果然鼓起勇氣和信心，後來還多次在傷殘人士運動會上取得金牌成績，他的故事鼓勵和感染了很多人呢。

最後，仙女雙雙拿着「愛心」蟠桃左思右想，從前嘗到仙果的幸運兒是帝王或將才，現在若把「愛心」蟠桃也送給一位位高權重的領袖，使他用愛管治市民，這不是很適當嗎？但仙女雙雙想着想着，不知不覺來到一個農莊，她見到有機耕種的農夫阿祥流着汗下田，又與其他義工分享新鮮採摘的瓜果。阿祥見雙雙手中捧着蟠桃，便邀請她把蟠桃也切開一起分享。仙女心想，分享正是愛心的表現啊！於是，她便奉上蟠桃讓大家吃。真奇妙！眾人吃後頓覺齒頰生香、身輕體爽。阿祥還將桃核收起準備栽種，仙女雙雙笑説：「此桃三千年才結果，恐怕很難有收成呢。」阿祥和義工們回答説，對世上有益的東西，他們都會世世代代努力播種下去。

仙女雙雙回去向王母報告後，得到大大稱讚，還稱她為蟠桃仙子。

小猴子的怪相機

　　最近小猴子收到一份特別的禮物，那是一部高科技新製的相機，小巧精緻，外殼金光閃閃，似乎只要輕輕一按，就能拍攝出美好的影像來。

　　小猴懶得看説明書，便興奮地四出去當攝影師。小笨象第一個嚷着要拍照片，但小猴瞟了小笨象一眼，心想：「瞧那個又長又大的鼻子，不論從什麼角度來拍攝，也不見得漂亮吧！」

　　不過，看小笨象翹起小鼻子，在陽光下擺好了姿勢，一副欣喜的樣子，小猴只好勉為其難地按一下快門。

　　小豬也扭着圓滾滾的身軀，請小猴給她拍一張照片。小猴忍不住説話了：「你這個胖胖的樣子，加上穿了這麼俗氣的花裙，怎可以當我的攝影模特兒呢？」

　　小豬怔了一下，沒想到小猴有彈無讚，只管説人家的缺點，其實，那花裙是媽媽送給小豬的新衣，她倒覺得很美呢。

　　小豬很想擁有一張穿花裙的照片，相信媽媽看到照片，

一定會很歡喜的。於是，她沒有生氣，還微笑着拜託小猴給她拍照。

之後，小猴還替四眼龜和小老虎拍了照，但每次他都搖搖頭，覺得攝影對象不夠美，尤其是小老虎，年紀小小，臉上卻有不少皺紋。小猴要小老虎戴上面具來拍照，小老虎卻説：「別看我不順眼，我覺得這才是我呀！請你拍攝真正的我吧！」

過了兩天，當大家聚在一起觀賞照片時，發現每一張相片都拍得很傳神漂亮。小笨象照得一臉結實陽光氣息；

小豬掀着花俏的裙子，顯得很可愛；四眼龜流着汗水，充滿自信；而小老虎皺紋臉上炯炯的眼神，流露出沉着的智慧。

小猴沉醉地欣賞這些攝影傑作，驚歎一聲：「真奇怪！」大熊貓看到小猴子那個又得戚又奇怪的樣子，便把相機説明書遞給他看。「照得那麼美，都是怪相機的功勞呀！我希望大家的眼睛，都能像這怪相機的鏡頭一樣，不單純看表面，而能發掘各自的優點，學懂接納自己，欣賞別人。」

附錄：潘金英及潘明珠主要的兒童文學原創作品

出版時間	作品名稱	出版社
1981	太空移民局	昭明出版社
1982	雪中情	山邊社
1983	沒有電視的晚上	山邊社
1984	寶貝學生	山邊社
1985	女巫與天使	山邊社
1985	雨線下的溫情	昭明出版社
1986	香港無名獸	山邊社
1988	噴泉的心願	新雅文化事業有限公司
1988	日本構圖	山邊社
1988	戲要上演了	新雅文化事業有限公司
1989	濃淡之間	山邊社
1989	我是小魔王	山邊社
1989	少年五味架	突破出版社
1991	小明星格格	新雅文化事業有限公司
1991	神奇牛仔褲	獲益出版事業有限公司
1991	第一滴淚	新雅文化事業有限公司

1991	故事王國	兒童周刊
1991	筷子的煩惱	景行出版公司
1991	寶貝班長	景行出版公司
1992	寶貝合桃	獲益出版事業有限公司
1993	魔女管管	山邊出版社有限公司
1994	沒有文字的國度	獲益出版事業有限公司
1995	七色燒餅	香港公共圖書館
1995	暖暖歲月	獲益出版事業有限公司
1996	忘情聖誕夜	突破出版社
1997	春雨兒童故事集 I	宗教教育中心
1997	小園丁——兒童文學創作坊	香港中外文化推廣協會
1998	我不願意	遼寧出版社
1998	書香情緣	巧思圖書公司
1998	青果園——給愛寫作的少年	但以理圖書
1999	明星同學	新雅文化事業有限公司
1999	當我們在一起	香港中外文化推廣協會
2001	中國帝王故事	新雅文化事業有限公司
2001	21 世紀的禮物	香港兒童文藝協會
2001	站在世紀的彎角	香港中外文化推廣協會

2001	小麻雀童話	螢火蟲出版社
2001	驛動少年	螢火蟲出版社
2001	猜猜我有多聰明	小魯文化事業股份有限公司
2001	樂在閱讀中 1-6 冊	牛津啟思出版社
2002	曠野銀球	香港中外文化推廣協會
2003	樹的家族	天地圖書有限公司
2003	七色花環	天地圖書有限公司
2003	八哥的新朋友	天地圖書有限公司
2003	超級哥哥	香港中外文化推廣協會
2003	春雨兒童故事集 II	宗教教育中心
2004	樹影鵂鶹	天地圖書有限公司
2004	互動童話—故事樹	和平圖書有限公司
2004	買回來的美麗	獲益出版事業有限公司
2005	故事小珍珠	香港從心會社
2005	愛可樂的男孩	和平圖書有限公司
2005	蛋人的故事	和平圖書有限公司
2005	有兩條尾巴的故事	上海文藝出版社
2006	好同學小米	寶華數碼印刷有限公司
2006	愛因思的小屋	寶華數碼印刷有限公司

2006	Zoom's 超人學堂	和平圖書有限公司
2007	親子繪本共賞手冊	澳門永援中學分校
2008	大自然禮贊——亞洲童詩選	香港中外文化推廣協會
2008	不一樣的暑假	和平圖書有限公司
2008	格林姊妹寓言新編——龜兔賽車	和平圖書有限公司
2009	格林姊妹寓言新編——妙計選妃	和平圖書有限公司
2009	球場上的甜蜜聖誕	香港中外文化推廣協會
2009	開心熊教你講故事	開明書店
2009	送暖娃娃	香港兒童文藝協會
2010	不一樣的猴子	中國南方日報出版社
2011	廉署德育故事電子書中文版	香港廉政公署
2012	神奇的毛衣	香港中外文化推廣協會
2012	牛奶瓶裏的巨人 拼音版	上海少年兒童出版社
2012	廉署德育故事電子書英文版	香港廉政公署

獲獎作品：

- 《晨、鐘》：榮獲 1976 香港青年文學新詩創作獎。
- 《籠中鼠》：榮獲 1977 年突破潮流徵文賽小説冠軍。

- 《洩了氣的球》：榮獲 1978 年校協戲劇節劇本創作獎。

- 《一個硬麵包》：榮獲 1978 年香港青年文學獎小説優勝獎。

- 《媽媽打牌》：榮獲 1986 年香港兒童文藝協會詩歌創作獎。

- 《噴泉的心願》：榮獲 1987 年新雅兒童文學創作獎。

- 《愛心魚頭》：榮獲 1989 年市政局中文兒童讀物創作獎。

- 《彩紙鶴》：榮獲 1990 年市政局中文文學創作獎兒童故事亞軍。

- 《瘋狗》：榮獲 1992 年全港青年學藝比賽故事創作冠軍。

- 《魔女管管》：榮獲第十四屆香港「中學生好書龍虎榜」十本好書之一。

- 《菲菲的頭髮風波》：榮獲 1994 年中文文學創作獎兒童故事亞軍。

- 《七色燒餅》：榮獲 1995 年市政局中文文學創作獎兒童故事冠軍。

- 《口味新時尚》：榮獲 1996 年香港電台故事創作銀筆獎。

- 《現代三小豬》：榮獲 1997 年上海少年報小百花獎。

- 《愛心曲奇》：榮獲 1998 年救世軍敬老故事創作及演繹冠軍。

- 《紫荊花開》：榮獲 1999 年全港青年學藝比賽新詩優勝獎。

- 《家在香港：》榮獲 1999 年全港青年學藝比賽新詩獎季軍。

- 《飛精靈的秘密》：榮獲 2000 年康文署中文文學創作故事獎。

- 《網絡王子》：榮獲 2002 年明日劇團劇藝小樹苗劇本創作優勝獎。

- 《鳥林大會》：榮獲 2005 年明日機構劇藝小樹苗劇本創作優勝獎。

- 《神奇牛仔褲》：榮獲 2005 年明日劇團兒童劇藝小樹苗劇本創作獎。

- 《好同學小米》：榮獲 2006 年台灣國語日報兒童圖書牧笛獎。

- 《小馬飛力士》：榮獲 2008 年明日藝術教育機構新編本土童話佳作獎。

- 《模範生選舉》：榮獲 2011 年慈明佛學品德故事徵文賽

優勝獎。

- 《爺爺的心》：榮獲 2011 年慈明佛學品德故事徵文賽
  優秀獎。